JN284952

大地の手のなかで

——アメリカ先住民文学

青山みゆき　著

開文社出版

目次

はじめに……vii
口承詩だけがアメリカ先住民文学なのか　vii
素晴らしいアメリカ先住民文学　xii
口承詩　xiv

第一章　アメリカ先住民とその文化圏……1
1　アメリカ先住民の祖先はだれ？　1
2　いま、アメリカ先住民とはいったいだれを指すのか　2
3　ヒスパニック系はアメリカ先住民ではないのか　6
4　文化的多様性　7
5　ヨーロッパ人による先住民の征服　11

第二章　草創期のアメリカ先住民作家たち……………………………19
1　アメリカ先住民文学の発掘　19
2　アメリカ先住民によるはじめての執筆と説教　23
3　抗議文と自伝　25
4　口承詩の英訳とアメリカ先住民による最初の詩　30
5　アメリカ先住民による最初の小説と詩　38
6　大衆小説と風刺文学　46
7　混血の主人公　53
8　戯曲と推理小説と自伝　61
9　二〇世紀前半の詩と新聞と雑誌と歴史書　63

第三章　ネイティヴ・アメリカン・ルネッサンスの作家たち…………67
1　ネイティヴ・アメリカン・ルネッサンス　67
2　N・スコット・ママデー　72

3 ジェラルド・ヴィゼノア 81
4 ジェームズ・ウェルチ 91
5 レスリー・マーモン・シルコー 103

第四章 現代のアメリカ先住民作家たち……115
1 アメリカ先住民文学の再読と再評価 115
2 ポーラ・ガン・アレン 120
3 サイモン・J・オーティーズ 129
4 ルイーズ・アードリック 140
5 ジョイ・ハージョ 153
6 ヘェメヨースツ・ストーム 159
7 リンダ・ホーガン 167
8 ウェンディ・ローズ 173
9 レイ・A・ヤング・ベア 180
10 トーマス・キング 187

おわりに …… 193
註 …… 201
引証資料 …… 212
作家別主要作品リスト …… 242
草創期のアメリカ先住民作家たち 242
ネイティヴ・アメリカン・ルネッサンスと現代のアメリカ先住民作家たち 230
索引 …… 260

はじめに

口承詩だけがアメリカ先住民文学なのか

現代の日本人にとってもっとも身近なアメリカ先住民のイメージは、もはやジョン・ウェイン主演のハリウッド製の西部劇映画の中で奇声を発して白人を襲う残虐なインディアンの姿ではなく、おそらく平和や自然を愛する、家族の結束が強いインディアンのそれであろう。一九五〇年代の公民権運動からはじまって、六〇年における公民権法の成立以降次々と制作された映画には、女や子どもたちを容赦なく虐殺する野蛮な白人を相手に、勇猛果敢に闘う悲劇的なアメリカ先住民の姿が描かれている。たとえば、ヴェトナム戦争のまっ最中に作られたラルフ・ネルスン監督による映画『ソルジャー・ブルー』（一九七〇）には、コロラド州にあるサンド・クリークでの連邦軍によるシャイアン族の大虐殺が生々しく描かれている。白人との和平を信じていた大勢の女、子どもを含むシャイアン族は、突然の砲火の雨を浴びただけでなく、彼らはあらゆる残酷さで無残にも切り刻まれ、殺された。彼らはなんとも悲惨で、滅びゆく民族として描かれている。また、ケヴィン・コスナー監督、主演の映画『ダンス・ウィズ・ウルヴズ』（一九九〇）に出てくるダコタ・スー族は、平和を愛するだけでなく、ユーモアと笑いに溢れた人びととして描かれている。鷲の羽でつくられた頭飾りと、美しいビーズ刺繍が施された鹿皮の華やかな衣装に身を包んだダコタ・スー族は、かつて平原の戦士としてその名を知られたが、白人の侵略に最後まで必死に闘い、抵抗した。

しかしながら考えてみると、いま現在も北アメリカ大陸に住み、わたしたちと同じように泣き、笑い、そして怒りながら一日一日を暮らしている生身のアメリカ先住民について、わたしたちはいっこうに知らない。もちろん、アメリカ先住民は決して消えゆくことがなかった。これまで白人による虐殺や弾圧、土地の掠奪などありとあるゆる困難を耐え抜いてきたアメリカ先住民は、いまでもアメリカの地にしっかりと根をはって生きているのである。

そして文学においても、アメリカ先住民は代々口から口へと伝承された口承文学を継承してきただけでなく、実は彼らは一七、八世紀以降、説教をはじめとして、自伝、小説、詩、戯曲などさまざまな作品を英語を中心に一貫して書きつづけてきたのである。アメリカ先住民には素晴らしい口承文学のみならず、現在、一流の先住民文学が存在するのだ。

ちなみに、一九九九年の夏から二〇〇〇年の春にかけて、わたしはカリフォルニア州のサンフランシスコに滞在していた。一九九九年十月二十三日に、サンフランシスコ湾沖にあるアルカトラズ島で開催された「アルカトラズ島占拠三十周年記念集会」に出掛けていったのだが、そこでわたしはひとりのアメリカ先住民詩人の肉声に深く感動した。もちろん、それまでも日本においてアメリカ先住民口承詩などは読んでいたが、実は、わたしはこのとき本当の意味で、はじめてアメリカ先住民文学と出会ったのである。自らのロックバンドを後ろにして野外ステージに立った、日に焼けた中年の男の太く、威厳に満ちた声は、いまでもわたしの耳に鳴り響いている。アメリカ先住民はいかなる困難にもめげず、誇りと尊厳を持って、現在もたくましく、街中で、あるいはリザヴェーションで、誰も知らない田舎町で、そして辺鄙な山奥で自己を表現しつづけているのだ。

ここに紹介するのが、そのときわたしが実際にアルカトラズ島で聞いた、ジョン・トゥルデル John Trudell（一九四六―）の詩「ブルー・インディアン」（“Blue Indians”）である。

神話を破壊する者
彼らの現実はひそかに萎えてゆく
心は揺らぎ
精神はゆがんでしまう
心の奥まで
いためつけられる
（中略）
坩堝に引きずり込まれた
ブルー・インディアン
搾取する階級が
持つ者と持たざる者を支配する
インダストリアル・リザヴェーションの暴君が
所有権を主張する
ブルー・インディアンの心は

文明という汚れに包囲されている

（Trudell *CD:Blue Indians*）

ジョン・トゥルデルは、アメリカ先住民の中にあって、カリスマ的なサンテ・スー族の詩人で、ロック・ミュージシャンである。ここで彼は、現代人の精神はゆがめられ、我々は物語や夢を語ることさえもできないと嘆いている。現代のハイテク文明の中にあっては、すべての人が実質的にはアメリカ先住民に等しいのである。

なお、ジョン・トゥルデルは、まだアメリカ文学史にはさほどその名をとどめていないが、彼は一九六九年に起こった例のアルカトラズ島の占拠に加わっていたインディアン戦士（アクティヴィスト）である。七一年の占拠終了後、彼はアメリカ・インディアン運動（ＡＩＭ）に参加し、一九七三年から七九年まではそのリーダーであった。一九七九年、トゥルデルはワシントンのＦＢＩ本部の前でアメリカ星条旗を焼いた。その三日後、妻と三人の子どもと義母が不審火による火災で亡くなった。以来、彼は政治活動からいっさい背を向け、詩や歌に自分の思いを託すことになった。

素晴らしいアメリカ先住民文学

つい最近まで、アメリカの大学のアメリカ文学を教えるクラスでさえ、男性を中心とするヨーロッパ系白人作家と、一部のアフリカ系アメリカ人作家たちしか扱われていなかった。おおかたのアメリカ先住民やアジア系、ヒスパニック系などを含むマイノリティーのアメリカ人作家たちは無視されていたのだ。しかしながら、一九七〇年代以降から、女性を含む数多くのマイノリティーの作家がアメリカ文壇をにぎわしている。アメリカ先住民作家においても、ピューリッツァー賞や全米図書賞などを獲得した作家が幾人も出現している。アメリカでは、わが国にはまだあまり紹介されていない優秀なアメリカ先住民小説家や詩人たちが、実は数多く活躍しているのだ。

フェニモア・クーパーからヘミングウェイなどにいたるまで、アメリカ先住民はかつて白人男性中心のアメリカ文学の周辺に存在する他者として「高貴なる野蛮人」、あるいは「血に飢えた野蛮人」、さらには「無知な野蛮人」などというステレオタイプとして客体化されつづけるばかりであった。しかしながら、現代のアメリカ先住民作家はそのようなステレオタイプのアメリカ先住民像を拒否し、複雑で多様な面を持つ、トータルな先住民の姿を描こうとしている。

もともとアメリカ先住民は、つねに部族の豊かな伝統と文化とその波瀾万丈の歴史を背負って生きてきた。そして彼らの、山や川や草木、動物、昆虫、さらには無機物にすら精霊や魂を見いだすというアニミズムの伝統は、口承詩はもちろんのこと、現代のアメリカ先住民文学にも脈々と注ぎ込まれている。言い換えれば、口承詩と同様に、現代のアメリカ先住民文学にも、彼ら自身の天地創造の物語をはじめとして、部族や一族の伝説や歴史、動物や人間を含めたトリックスターの物語、夢に関する物語、あるいはコロンブスの新大陸到達以来の過去五百年にわたる不幸な歴史など、実にさまざまな先住民の記憶が刻まれている。そしてそこには、先住民だけでなく、いま全世界に存在するわたしたちすべての人間が必要としている大地への慈しみや、先祖への敬愛の念が溢れている。

加えて、現代のアメリカ先住民作家たちの作品には、現在の日本に住むわたしたちにも大いに通じる差別や貧困、アル中、アイデンティティー探求、あるいはポストモダン的言語の探求などといった、さまざまな問題も重要なテーマとなっている。

アメリカ先住民文学はいまや、口承詩が示唆するように、白人中心の約三百五十年の歴史を持つこれまでのアメリカ文学の歴史を塗り替えて、真のアメリカ文学の根っことして留まるだけでなく、現代のアメリカ先住民文学にあっては、伝統を見つめながらも、絶えず新しい表現を求め、アメリカ先住民としての体験や感情を模索、探求し、それらを作品の中でつねに文化的に、また社会的に深化させようとしつづけている。

口承詩

アメリカ先住民文学と言えば、世代から世代へと伝承された口承文学があることはけっこう知られている。口承文学には、アメリカ先住民の天地創造に関する神話をはじめとして、部族や一族の伝説や歴史、動物や人間を含めたトリックスターの物語、夢に関する物語、あるいは戦勝祈願、鎮魂、癒しの治療、雨ごい、成年式などの呪文には、実にさまざまな先住民の記憶が刻まれている。実際に、現在では日本でも、白人の詩人やアメリカ先住民自身の手による英訳本からの翻訳書を読むことができる。

もっとも、アメリカ先住民はこれらの物語や歌を決して詩とは呼ばなかった。それらはもともとつねに口から口へと伝えられ、何千年もの間先住民の精神の奥底にまで浸透してきた自然や霊などとの交感の物語であり、かつ神秘的感情の表出であったからだ。もちろん基本的には、一回性のものであった。戦いに向かう戦士や、癒しの儀式を執り行なうメディスンマンや霊媒師などは、戦勝を祈って、あるいは病んだ者の全体性の回復を祈って、過去や現在にわたる霊的な力と深い交わりを結ぶために唱えてきた。

さらに具体的に言えば、たとえばナヴァホ族のメディスンマンなどが砂絵を制作しながら歌う癒しの呪文や物語は、単なることばの発声ではなかった。それは霊的に、また肉体的に病んだ者を、本来の秩序ある健全な場所へと連れ戻し、生命の諸力、すなわち大地や生きとし生けるものとの間に深い関係を築かせることであった。(1) そして、この強い絆の回復によって、病んだ者は癒されていったのである。

なお、口承詩の翻訳に関してであるが、現在では数多くの翻訳家によってさまざまな口承詩が英語などに訳され、出版されている。なかでも先駆的な翻訳家は、一九世紀にオジブワ族（アニシナーベ族、あるいはチッペワ族）の歌や物語を翻訳したヘンリー・ロー・スクールクラフト Henry Rowe Schoolcraft（一七九三―一八六四）である。イギリス人とプファルツ系ドイツ人の血が流れているこの著名な翻訳家は、一八二二年にインディアン監督官として、オジブワ・ヴィレッジの近くにあるスー・セント・マリーに赴任した。その後、オジブワ族の女性詩人ジェイン・ジョンストン・スクールクラフト Jane Johnston Schoolcraft と結婚し、彼女の助けなどを得て詩や神話などを含んださまざまなオジブワ族の文化を、二冊の『アルジック・リサーチズ』(*Algic Researches*,1839)や『文学の航海者、あるいはムーゼンイーガン』(*The Literary Voyager,or Muzzeniegun*)誌などに紹介した。ちなみに、当時の有名な詩人ヘンリー・ワッズワス・ロングフェローは、ヘンリー・ロー・スクールクラフトの翻訳に影響を受けて『ハイアワサの歌』を書いたという[2]。

次の詩は、ダコタ・スー族の「狩りの歌」である。はじめは部族語で歌われていたものを、スティーブン・リターン・リッグス Stephen Return Riggs が英語に直し、次にそれをわたしが拙い日本語に訳したものである。もちろん、元の詩とは似ても似つかぬ言葉とリズムになってしまったと思う。実際、もともとは紙の上に印刷されることもなく、唱えられた途端に霧のように消えていったはずだ。それにしても、いままでこの歌を歌ってきた数多くの狩人たちは、どのようなリズムで、またどのような抑揚で、どのような声の質で、あるいはどのような息の長さで、そのときこの歌を歌ったのだろうか。

I

おれは何かを殺した、だから声を張りあげる。
おれは何かを殺した、だから声を張りあげる。
おれは北のバッファローを殺した、だから声を張りあげる。
おれは何かを殺した、だから声を張りあげる。

Ⅱ

鞍を縛りつける、
かわいい子どもたちよ。
半日かかって
おれは殺す。

（Cronyn *American Indian Poetry* 47）

なお、本書は主に現代のアメリカ先住民文学を取り扱うので、アメリカ先住民口承詩に接したい方がおられるなら、金関寿夫著『魔法としての言葉——アメリカ・インディアンの口承詩』（思潮社）を是非読まれたい。

第一章　アメリカ先住民とその文化圏

1　アメリカ先住民の祖先はだれ？

まず、アメリカ先住民の祖先と言われている人びとについて考えてみたい。一説には、氷河が北アメリカ大陸の大半を覆っていた時代に、北海道のアイヌ人に似たコーカソイドの特徴を持った初期のアジア人が、ベーリング海峡を経てアラスカの海岸の一部氷がはっていなかったルートを、徒歩で辿ってきたという[1]。その数千年後、すなわち一万一千年から一万二千年程前、氷河が後退すると、今度は内陸部のルートを辿ってモンゴロイド系の狩人がアジアからやってきた。その後、アメリカ大陸に到達した初期のアジア人は死に絶えてしまったのか、あるいは後からきたモンゴロイド系のアジア人と混血したのか定かではないが、いずれにしても、現在のアメリカ先住民は人種上はモンゴロイドと言われている。

一般に、アメリカ先住民はモンゴロイド系人種に共通する身体的特徴を持ってはいるが、アメリカ先住民という単一の民族がもともと存在するわけではない。ちなみに一四九〇年頃には、ヘンリー・F・ダビンズによれば、北半球には約一億の人が住んでいた。[2]そしておそらく、その五分の二が北アメリカ大陸に住んでいた。その中には、メキシコの文明化された三千万人が含まれていたという。当時、先住民は多数の部族に分かれており、それぞれが独自の生活を営んでいた。各部族が独自の国を形成していたわけだが、彼らの使っていた言語に関しても、北アメリカだけで実に五百以上あったと言われている。[3]ひとつひとつの部族が、広大な大陸のさまざまな気候や風土に合わせて、土地を所有するという概念もないまま、自然の与える恵みを分け合いながら、そして独自の豊かな文化を築きながら暮らしていたのだ。

2　いま、アメリカ先住民とはいったいだれを指すのか

現在、アメリカ先住民とはいったい誰を指すのだろうか。一九七九年に、現代アメリカ先住民文学撰集『記憶された大地』(*The Remembered Earth*)を編んだゲーリー・ホブスン Geary Hobson は、その序文で興味深いいくつかの判断基準を挙げている。[4] そしてそれらの判断基準は、以下の通りである。

(1) インディアン部族、もしくはコミュニティーの判断
(2) 近隣の非インディアン・コミュニティーの判断
(3) 連邦政府の判断
(4) 個人の判断

そしてゲーリー・ホブスン自身は(1)が一番大切ではないかと言っている。

文化人類学者や歴史学者などの中には、1 遺伝子、2 文化的、そして 3 社会的などの要因が必要最低条件、と言っている者もいるそうだ。だが、コロンブス以前はともかく、現在では何世代にわたってヨーロッパなどからの入植者や移民などとの間で混血が進み、完璧に三つの条件を満たす者はほとんど存在しないのではないか。もっとも、一〇〇〇年頃にアメリカ大陸に到来したというヴァイキングを念頭に入れれば、アメリカ先住民の混血は(氷河期に最初にアメリカ大陸に渡ってきたという、初期のアジア人との混血の可能性の問題は除いて)、コロンブスより

かなり前にはじまっている。ちなみにここで言う文化的とは、生活様式や世界観、宗教、言語などを指すのだろうか。また社会的とは、その人の出身地や民族や部族、さらにはコミュニティー、家族などを指すのだろうか。いずれにせよ、これだという決定的な判断基準はない。

ところで、アメリカ合衆国におけるアメリカ先住民の総数は、統計的には国勢調査の人種項目で自らをアメリカ先住民と意識的に選ぶ人たちの数である。二〇〇〇年に行なわれた国勢調査によると、約二億八一四〇万人のアメリカの総人口の内、複数申告も可能だが、アラスカの先住民であるエスキモーを含むアメリカ先住民の数は約二百五十万人である。この数には、ヒスパニック系も含まれているが、ヒスパニック系を除いたアメリカ先住民の数は二百十万人である。

今日のアメリカ先住民の多くが混血であるが、連邦政府によって一九七二年に制定されたインディアン教育法によれば、アメリカ先住民とは公認部族のメンバーであり、かつ八分の一以上の先住民の血が流れる者でなければならない。(5) また一九七六年に制定されたインディアン・ヘルス改善法によれば、先住民とは公認部族のメンバーである者である。内務省インディアン局（BIA）によれば、公認部族のメンバーであり、かつ四分の一以上の先住民の血が流れる者でなければならない。このように連邦政府内でも、その定義は一定でない。

なるほど、血の濃さでアメリカ先住民か否かを決めるのも、ひとつの判断基準かもしれない。

しかしながら、現実社会においては、インディアンか、非インディアンかを判断するのは血の濃さではないようだ。ちなみに、一八三〇年の連邦政府による強制移住法制定を受けて、八分の七のチェロキー族の血が流れる（詩人であり、小説家でもあったジョン・ローリン・リッジ John Rollin Ridge の父親）ジョン・リッジは、ジョージア州にあるチェロキー族の土地を安易に連邦政府に譲渡するように勧めた。一方、八分の一のチェロキー族と八分の七のスコットランド人の血が流れるチェロキー族の族長のジョン・ロスは、強制移住に根気強く反対したと言うが、もちろん当時のチェロキー族の人びとにとっては、ジョン・ロスのほうが心情的には近かった。ジョン・リッジや抗議文を書いたエライアス・ブーディノ Elias Boudinot などの移住推進派は、強制移住地であるオクラホマ州に着くやいなや、裏切り者として仲間のチェロキー族に殺されてしまった。

同様に、一九七六年に出版され、日本でも翻訳されたベストセラー『リトル・トリーの教育』を書いた自称チェロキー族のフォレスト・カーターは、本人は生前アメリカ先住民作家と称していたが、ＫＫＫなどと関わった疑惑により、ほかの現在活躍する先住民作家や翻訳家、評論家たちは、少なくともカーターをアメリカ先住民作家の範疇には入れていない。わたしも今回、アメリカ先住民作家に関するさまざまな資料に目を通したが、彼の名前はいっさい表れなかった。これは、カーターがアメリカ先住民の血を引いているという事実はともかく、インディアン部族、

6　さらにはコミュニティー側は、フォレスト・カーターをアメリカ先住民として拒否した、良い例である。

3　ヒスパニック系はアメリカ先住民ではないのか

スペイン語を共通母語とするヒスパニック系にも、もちろんインディアンの血が流れている。しかし彼らは文化的、また社会的にはメキシコ系である。なぜなら、彼らは何世紀もの間カソリック教徒であり、それゆえに一般にはアメリカ先住民の伝統とは乖離してしまったと言えるだろう。もっとも、プエブロ族のように、現在、人口の半分近くがカソリック教徒である部族も存在する。

どうやら、アメリカ先住民とは、その人に先住民の血が流れているだけでなく、ある程度文化的に、また社会的にも、アメリカ先住民と判断される人でなければいけないようだ。そして血の濃さや、アメリカ先住民としての文化的、社会的な傾向の強弱よりも、共通の伝統を有し、アメリカ先住民はもとより、いかなる人のためにも、アメリカ先住民として決然として闘うことができるかが最も重要ではないだろうか、と語るアメリカ先住民は多い。(6)

4　文化的多様性

では、アメリカ先住民は、そもそも具体的にどのような場所で、どのように暮らしていたのだろうか。

アメリカ先住民は永い間、北アメリカ大陸の至るところに居住してきた。ちなみに、誰もが知っているだろうが、現在のアメリカ合衆国は、国旗の星の数と同じ五十の州がある。その総面積は日本の約二十五倍もある。驚くべきことに、五大湖の中で一番大きいスペリオル湖は北海道より大きい。そして太平洋沿岸から大西洋沿岸までは、約四千八百キロメートルある。この広大な国土の中央にロッキー山脈が南北に走り、この山脈の東側には、ミシシッピ河を中心に大平原が広がっており、小麦やトウモロコシなどが栽培される。一方、ロッキー山脈の西側には、グランド・キャニオンに代表される雄大な渓谷や砂漠が広がっている。このような多様な地勢と風土の影響を受けて、それぞれのアメリカ先住民の部族が、各地で独自の文化を築きあげてきたのだ。

ところで、一四九二年のコロンブスの新大陸到達以降のアメリカ先住民は、文化人類学者や民族学者などによって、一般的に現在のカナダを含めた七つの文化圏に分類されてきた。[7] 分類の決め手になるのが文化や生活様式の違いなのだそうだが、具体的には食物取得の方法や技術、さらには住居、コミュニティーの在り方などである。そして現在のカナダの北極・亜北極文化圏を除いたアメリカ合衆国における六つの文化圏とは、

（1）東部森林文化圏
（2）南東部文化圏
（3）大平原文化圏
（4）西部大盆地文化圏
（5）南西部文化圏
（6）北西海岸文化圏

である。そしてそれらの文化的違いとは下記の通りである。

まず五大湖を中心にした東部森林文化圏では、イロコイ連合、オジブワ族（アニシナーベ族、あるいはチッペワ族）、モヒガン族（モヒカン族）、デラウェア族などが、農耕を営んだり、狩猟をしたりして生活していた。イロコイ連合は白樺の皮を葺いた大規模なロングハウスと呼ばれた家を造り、共同生活をしていた。具体的にはモホーク、オネイダ、カユガ、セネカ、オノンガの

五部族がイロコイ連合と呼ばれた同盟を結んでおり、ベンジャミン・フランクリンに影響を与えたと言われる平和で民主的な政治を行なっていた。

次に、現在のサウスカロライナ、ジョージア、アラバマ、ミシシッピ、ルイジアナ、フロリダ州を中心とした南東部文化圏では、チェロキー族、クリーク族、チカソー族、チョクトー族などが村落をつくって、主に農耕生活をしていた。ミシシッピ河以東の肥沃な土地で、彼らはトウモロコシ、豆、かぼちゃなどを栽培していた。階級分化がすすんでいた部族もあり、チェロキー族やチョクトー族の中には、南部における白人の奴隷制度の影響を受けて、黒人奴隷を所有していた者もいた。また、チョクトー族やチェロキー族をはじめとする数多くの部族は、アメリカ民主主義の父と呼ばれるトーマス・ジェファソン大統領が発案した強制移住法の下、一八三〇年以降にアンドリュー・ジャクソン大統領によって「涙の旅路」として知られた、ミシシッピ河以西へ強制的に移住させられた。

現在のノース・ダコタ、サウス・ダコタ、ネブラスカ、カンザス、オクラホマ州、およびワイオミング、モンタナ、テキサス州などに広がる大平原文化圏では、ダコタ・スー族、シャイアン族、アラパホ族、クロウ族、コマンチ族、カイオワ族などが、主にバッファローを狩猟して生活を営んでいた。西部劇でおなじみの馬に乗って勇猛果敢に戦う戦士の姿を、わたしたち日本人はイメージしているかもしれない。アメリカ先住民は一般に女系制をとる部族が多いが、ダコタ・スーやブラックフット、オグララ・ダコタなどのダコタ族は男系であり、きわめて統制力の強い、民主的なコミュニティーを築いていた。彼らは束ねた木を円形にひろげてバッファローの皮を張った、移動が可能なティーピーに居住していた。

現在のアイダホ、オレゴン、ネヴァダ州などを中心とした西部大盆地文化圏では、パイユート族やショショーニ族、ヤキマ族などが、ウサギやモグラなどの小動物の狩猟や、木の実や木の根などを採集して生活していた。彼らは高地の砂漠地帯で小規模の集団を形成していた。

現在のアリゾナ、ニューメキシコ、コロラド州を中心とした南西部文化圏では、ホピ族やズニ族などのプエブロ族や、ナヴァホ族がトウモロコシや豆の栽培をしたり、羊の放牧などをして生活していた。プエブロとはスペイン語で町の意味であるが、プエブロ族は独特の金属やトルコ石でできた装飾品や土器、篭などを作り、その先祖は先史時代のアサナジ文化やホホカム文化、モゴヨン文化にまで遡れる。また日干し煉瓦でできた集合住居を造り、文字通りひとつの町を築いた。

そして最後に、カリフォルニア、オレゴン、ワシントン州の太平洋側からアラスカ州に至るまでの北西海岸文化圏では、セイリッシュ族、ハイダ族、ミウォーク族などが、魚獲や狩猟、採集をして生活していた。樹皮や細い木や丸太で、ティーピーに似た住居や、宗教的な儀式を執り行なった建物などを造った。部族の神話などが刻まれた、一族のアイデンティティーの象徴であるトーテムポールも、北西海岸文化圏の部族に特有のものである。なお、以上のような文化的分類のほかに、言語や神話、世界観、女系や男系といった家族制度の在り方、儀式や祭式などの同質性で分類できるかもしれない。

5　ヨーロッパ人による先住民の征服

一四九二年のコロンブスによる新大陸到達、その後北アメリカ大陸においては一六〇七年のジェームズタウン植民地の建設、さらには一六二〇年のいわゆるピルグリム・ファーザーズと呼ばれるピューリタンたちによるプリマス植民地建設以来、アメリカ先住民は現在に至るまで数々の試練に直面してきた。

まず、ヨーロッパ人によってもたらされた天然痘は、数多くの先住民を死に追いやった。加えて、マラリア、ペスト、チフスなどの伝染病が次々と流行し、それまで生き残っていた先住民もばたばたと倒れていった。目に見えぬ伝染病を前にして、先住民はまったくなすすべがなかった。だが、アメリカ植民地における当初のイギリス人などは、先住民にたいし比較的友好的であり、多くのアメリカ先住民の部族は小さな独立した国家としてその地位を確立していた。

しかしながら年を経るとともに、イギリス人は次第に先住民にたいして、土地の明け渡しなどを要求するようになった。事実、一七世紀後半から一八世紀中頃にかけてのイギリスとフランスの北アメリカ大陸をめぐっての争いと、その後のイギリス人による植民地支配の時代は、アメリカ先住民にたいする略奪の時代でもあった。一七七六年の植民地のイギリスからの独立は、アメリカ先住民にとっては苦渋に満ちた新たな苦難への旅立ちでもあった。

独立後、ヨーロッパ系アメリカ人は西へ西へと開拓をつづけた。一九世紀を通じて、ひたすら白人は未開拓の西部へと進んだが、そこはけっして無人の荒野ではなく、元来インディアンが住む土地であった。白人は、条約締結による土地獲得を狡猾に仕組んだ。一八三〇年にはインディアン移住法が連邦議会下院で成立し、ミシシッピ河以東に居住していた部族はすべてミシシッピ河西方にあるインディアン・テリトリー、あるいは他の適当と思われる場所に強制的に移住させられた。カリフォルニアでの金の発見につづいて、一八五〇年代に入ると連邦政府はリザヴェーションを設立し、先住民を隔離することによって土地を奪いはじめた。スー族やシャイアン族などの平原インディアンは激しい武力抵抗を試みた。一八六三年、第十六代大統領エイブラハム・リンカーンは奴隷解放を宣言し、ゲティスバーグで「人民の人民による人民のための政治」という例の有名な演説を行なった。現在、この言葉に表された精神こそアメリカ合衆国の民主政治の根本となっているが、当時、人民という言葉には、黒人はもとより、アメリカ先住民はもちろん含まれていなかった。人民とは、ヨーロッパ系アメリカ人のみを指していたのである。

一八八七年には一般土地割当法（ドーズ法）が施行され、強制的な土地割当てによるリザヴェーションの解体が推し進められた。先住民にたいする土地の明け渡しの要求は、ますます激しくなったのだ。具体的には、リザヴェーションを小さく分けて先住民ひとりひとりに自作農地を割り当て、余った土地は白人に開放された。一八八七年には一億三八〇〇万エーカーあったリザヴェーションの総面積は、一九三四年には四七〇〇万エーカーにまで減ってしまった[8]。

アメリカ先住民の連邦政府にたいする抵抗は、一八九〇年のウーンデッド・ニーにおけるスー族の大虐殺をもって、おおかた終了した。

アメリカ先住民を終始圧倒してきた連邦政府軍や民兵はもとより、ヨーロッパから持ち込まれた銃やアルコールや伝染病などによって、アメリカ先住民は土地を奪われただけでなく、文字通り抹殺され、ヒューロン族やナッチェス族、カユガ族などといった多くの部族はつぎつぎに消滅していった。一九〇〇年には、先住民の人口は二十六万七〇〇〇人までに減ってしまった[9]。「最後の野生のインディアン」と言われた北カリフォルニアにあるサザン・ヤナの山中にて発見されたヤヒ族のイシは、カリフォルニア大学バークレー校の文化人類学の博物館に、なんと生きた展示物として一九一一年から一九一六年に病死するまで展示されていた。いまなお、カリフォルニア大学バークレー校のフィービー・ハースト博物館には、イシの写真や彼が作った道具などが展示されているが、文明化という美名のもとで白人によるあらゆる種類の残虐行為が行なわれたのである。ちなみに、連邦政府によるインディアン政策を司る内務省インディアン局（ＢＩＡ）は一八二四年に設立された。一八四二年にはアメリカ民族学会がつくられ、先住民について科学的な研究がはじまった。その四年後、スミソニアン・インスティテュートが設立され、特にインディアンについての情報を収集するように奨励された。

一九二四年、アメリカ先住民にようやく市民権が与えられた。しかし実質的には、すべての先住民が選挙権を得たのは、かなり後になってからだった。いくつかの州は、先住民は州税を払っていなかったので、選挙権がないと主張したのだ。一九三四年には、インディアン再編成法が施行され、ようやく先住民の地位の見直しがはじまった。具体的には、リザヴェーションの分割と個人への割当て制が廃止された。また余剰地の譲渡も制限され、リザヴェーション内に部族の自治政府が設立された。加えて、先住民の雇用の促進などを通して、先住民の救済と復権が計画された。

一方、この頃になるとアメリカ先住民も、ようやく全国的に彼ら自身による民族自決運動を繰り広げるようになった。たとえば、一九四四年には全米インディアン会議（ＮＣＡＩ）が結成された。一九六〇年代になると、先住民は白人文化への同化主義一辺倒の政策を拒否しはじめた。事実、六一年には、シカゴにて全米インディアン会議は、インディアン復権運動の開始を高らかに宣言した。また六八年には、アメリカ・インディアン運動（ＡＩＭ）が結成され、翌年の六九年には、「全インディアン部族」の名のもとにサンフランシスコ湾のアルカトラズ島の奪回を要求した。興味深いことには、カナダで生まれたモホーク族の詩人ピーター・ブルー・クラウド Peter Blue Cloud や、ホピ族とミウォーク族の血が流れている女性詩人ウェンディ・ローズ Wendy Rose などの作家もアルカトラズ島の占拠に加わっており、これらの状況を当時の文学作品に投影させた。

この後、アメリカ先住民が一九七二年にはワシントンの内務省インディアン局を、また七三年にはサウス・ダコタ州にあるウーンデッド・ニーを占拠したのは、記憶に新しい。また一九八〇年代に入ってからは、アメリカ・インディアン運動の活動家のレオナルド・ペルティアが白人の警察官を殺害したという疑いをかけられ、連邦政府によって逮捕された。残念ながら、彼は現在も投獄されており、多くの先住民による救済活動が忍耐強くつづけられている。

アメリカ先住民の最前線では、いまなおアメリカ連邦政府にたいするアメリカ先住民の蜂起はつづいているのだ。そしていまでも、アメリカ先住民は数々の試練に耐えている。アメリカやカナダにおけるアメリカ先住民の貧困層やアル中、自殺の割合もいまだに高いままである。しかしながら注目すべきことは、さまざまな死滅の危機にもかかわらず、数多くのアメリカ先住民が生き残り、豊かな部族の伝統文化と価値観を保っていることである。現在、五百を超える部族があり、約二百から二百五十くらいの言語が残っている。これらの部族は三百近くのリザヴェーションを保有しているが、半分以上の先住民が都市部で暮らしている。[10] 具体的には、二百万人以上のアメリカ先住民がアメリカのいたるところで、たとえばニューヨークやサンフランシスコといった大都市から、さまざまなリザヴェーションで、あるいはリザヴェーションも、コミュニティーもない辺鄙な土地でたくましく生きている。その中には、なんと、自分たちの土地もリザヴェーションも持たずに暮らしている部族も存在するという。ノースカロライナ州のパースン・カウンティー・インディアンや、アラバマ州とフロリダ州のクリーク族、アーカンソー州のチェロキー族などは、内務省インディアン局などの連邦政府の援助がないだけでなく、ほかの部族や白人コ

ミュニティーに認められることなく暮らしているという。(11)

第二章　草創期のアメリカ先住民作家たち

1　アメリカ先住民文学の発掘

　アメリカ先住民は、コロンブスの新大陸到達よりはるか以前からアメリカ大陸に住み、永い間戦勝祈願や鎮魂、治療、雨ごい、成年式などのために口承詩を朗唱したりしてきた。数多くの部族がそれぞれ異なる言語と文化を持ち、自然が与える恵みを分け合い、口承詩を世代から世代へと伝えてきたが、多くの部族が文字を所有していなかったため、近年までその存在はほとんど不可視であった。また一七世紀半ば頃からは、白人植民者の寄宿舎制学校で教育を受けた先住民の中には、文字を取得し、少しずつではあるが、いわゆる文学らしきものを書き残してきた者もいた。しかしながら、彼らの書き物のほとんどがすぐに絶版になったりして忘れ去られ、口承詩同様に永い間埋もれてしまった。その後、一九六〇年代以降には、公民権運動とともに、これまで抑圧されてきたマイノリティー自身によるアイデンティティーの追求が顕著になった。その結果、それまで不可視だったこれらのアメリカ先住民文学が発掘され、わたしたちにその強烈な存在を明らかにした。一九八〇年代以降、ポーラ・ガン・アレン Paula Gunn Allen(1) やジェラルド・ヴィゼノア Gerald Vizenor(2)、アンドリュー・ウィゲット Andrew Wiget(3)、エイ・ラヴァン・ブラウン・ルオフ A. LaVonne Brown Ruoff(4) などのアメリカ先住民作家や批評家たちを中心にさらなる発掘がなされ、いま、より一層の詳細が明らかになりつつある。

だが、そもそもアメリカ先住民文学とは一体何であろうか。それは基本的には、アメリカにおいて、かつて入植者から強制された言語、つまり英語で表現されたアメリカ先住民による書き物を指している。スロバキア人とアベナキ族とイギリス人の血が流れている詩人でストーリーテラーのジョセフ・ブルシャック Joseph Bruchac がエッセイ「現代アメリカ先住民の文学作品―概観」(5) で述べているように、そこでは文化的闘争が中心テーマとなっている。皮肉にも、アメリカ先住民は抑圧者の言語でアメリカ先住民の伝統的な世界観や価値観、文化などを表現するわけである。またアメリカ先住民の伝統的な口承文学に英語を導入するにあたって、その過程で当然ながらヨーロッパの世界観や文化が注入された。これは言い換えれば、文字の導入によってアメリカ先住民の口承の伝統や価値観に、新たなエネルギーが注がれることになったのだ。

おおかたの現代のアメリカ先住民作家は英語に堪能である。かつてアメリカ文学がイギリス文学の周辺に位置するものとみなされていたように、アメリカ先住民文学は永い間、白人中心のアメリカ文学の周辺に位置するものとみなされていた。しかし現在では、もはや誰も単に文学的好奇心の対象としてアメリカ先住民文学を見ることはないだろう。そうではなく、アメリカ先住民文学は英語で書かれたひとつの立派な独自のアメリカ文学なのである。そしてそこでは、いかに優れた作品であるかがもちろん大切である。作品の根底で、自らの伝統文化の成立にかかわる問題やアイデンティティーの探求などを問うことは、いかなる作家にとってもきわめて重大だ。その点において、アメリカ先住民文学は、アメリカ文学におけるひとつの独自の朧々とした流れを湛える大河である。

ちなみに草創期とは、後述の一七世紀半ばにラテン語とギリシア語で執筆したケイレブ・チーシャトマーク Caleb Cheeshateaumauk を除いて、ここでは一八世紀半ば頃から、ネイティヴ・アメリカン・ルネッサンスと呼ばれる、一九六〇年代末のアメリカ先住民文学がアメリカ文学の中にあって本格的に可視化されるまでの約二百年間を指すことにする。

草創期には、実はかなりの数の先住民作家がいた。彼らは説教をはじめとして、自伝、小説、詩、戯曲、エッセイなど、さまざまな作品を書き残した。具体的には、一八世紀半ばに説教を書いたサムスン・オカム Samson Occom からはじまって、一九世紀に抗議文を書いたエライアス・ブーディノ、自伝を書いたウィリアム・エイペス William Apes(s)、そしてアメリカ先住民による最初の小説を書いたジョン・ローリン・リッジ、あるいは最初の先住民女性小説家であるS・アリス・カラハン S. Alice Callahan など次々と才能ある作家が登場した。二〇世紀の初期には、チャールズ・アレクサンダー・イーストマン Charles Alexander Eastman が大衆小説などを書き人気を博した。そしてモーニング・ダヴ〔フムイシュマ〕〔クリスティーヌ・キンタスケット〕Mourning Dove〔Humishuma〕〔Christine Quintasket〕が小説の中に混血の主人公を描きはじめたのも同じ時期である。

最後に、ネイティヴ・アメリカン・ルネッサンス以前から活躍し、その後も注目されつづけたアメリカ先住民小説家を紹介したい。(ウィリアム・) ダーシィー・ミックニクル (William) D'Arcy McNickle は、一九三〇年代以降、永い間小説などを書きつづけていたが、一九七一年には伝記『アメリカ先住民 ——オリヴァー・ラ・ファーグの人生』(*Native American: A Life of Oliver La Farge*) が全米図書賞にノミネートされた。また、一九五〇年代から詩集を出版し、七〇年代以降活躍したモーリス・ケニー Maurice Kenny は、先住民詩人というより、ビート派と結びつけられていた。

2 アメリカ先住民によるはじめての執筆と説教

ケイレブ・チーシャトマーク

ヘンリー・F・ダビンズによれば、一四九〇年頃には約一千万人のアメリカ先住民がアメリカとカナダに、また約三千万人の先住民がメキシコにいた。[6] また、一七世紀のイギリスからの植民者は、メアリ・ホワイト・ローランドスンの『崇高にして慈悲深き神は、いかに契約どおりに振る舞われたか』(一六八二)に示唆されているように、アメリカ先住民を神が与えた試練と捉え、彼らを駆逐することだけを考えた。一七世紀後半から一八世紀前半にかけては、サウス・カロライナ州チャールストンなどを中心とする南東部において、先住民を奴隷として売買することもあった。[7] 以来、永い間ヨーロッパ系白人は病原菌などを撒き散らすだけでなく、先住民の土地を奪い取ったり、バッファローをはじめとする数多くの野生の動物を撃ち殺して先住民の生活基盤を破壊し、文字どおり先住民を抹殺してきた。

アメリカ先住民による執筆は、入植者による先住民の土地の略奪と、それにつづく先住民の子弟たちのキリスト教寄宿舎制学校での教育と深く関係がある。アメリカ植民地におけるイギリス政府は、先住民にたいして彼らの有望な子どもたちに西欧風の教育を受けさせることを申し出、実際にイギリスの国費でいく人かの先住民の子弟をカレッジに送った。そのひとりがハーヴァーズ・インディアン・カレッジで教育を受けたケイレブ・チーシャトマークである。彼はカレッジにて西欧文明の恩恵を多分に受け、一六六三年には、ラテン語とギリシア語で書いた文章を残している(8)。

サムスン・オカム

コネチカット州のニューロンドンの近くの、かつてのモヒガン族の部落に生まれたサムスン・オカム(一七二三—一七九二)は、アメリカ先住民による最初の英語による著書を出版した。祖父トモッカムは、一七世紀のはじめにコネチカット州に来たらしい。父親はジョシュア・オッカムである。母親は有名な部族連合の首長ウンカスの子孫であり、一七三四年から四二年までつづいた大覚醒のときに改宗した最初のモヒガン族のひとりであった。

サムスン・オカムは、母親の影響で十六歳頃からキリスト教に興味を抱き、一七四一年に改宗した。病弱で弱視のため大学に行くことは断念してしまったが、独学で英語の聖書を学んだり、大学進学のための私立学校に通ったりした。司祭として数多くの説教をしたが、なかでも一七七二年に行なった『インディアンのモーゼス・ポールの処刑の際にされた説教』（*A Sermon Preached at the Execution of Moses Paul, an Indian*）は、重版になるほど多くの人を引きつけた。興味深いことには、その中で西欧の教育を受け、西欧の文明の恩恵を充分に受けたオカムが、入植者によってもたらされたアルコールによって、いかに先住民が堕落してしまったかを熱心に語っていることだ。

3　抗議文と自伝

エライアス・ブーディノ

植民地は、イギリスから一七七六年に独立した。しかし皮肉にも、入植者に土地を与えるため、一七八四年のイロコイ連合にたいする境界線を設定したフォート・スタンウィクス条約の締結などに見られるように、アメリカ先住民はますます土地を奪われてしまった。[9] 一八三〇年には、インディアン移住法が連邦議会下院で成立し、ミシシッピ河以東に居住していた部族はすべてミシシッピ河西方にあるインディアン・テリトリー、あるいは他の適切と思われる場所に強制的に移住させられた。これらの白人の抑圧的な態度にたいして、チェロキー・ネイションに生まれたチェロキー族のエライアス・ブーディノ（一八〇二―一八三九）は、一八二六年に『白人にたいする声明』（*An Address to the Whites*, 1826）を旅行中に読んで抗議した。[10] 演説の中でブーディノは、インディアンはヨーロッパ人と同じくらい知性的であり、インディアン社会を充分に文明化するだけの能力があると言っている。またブーディノは、アメリカ先住民による最初の新聞『チェロキー・フィニックス』（*Cherokee Phoenix*,1826）紙の編集にもたずさわった。しかし彼は、後に連邦政府に屈して移住法に同意してしまい、そのために殺害されてしまう。

ウィリアム・エイペス

マシュピーの反乱（一八三三）の指導者のひとりであるウィリアム・エイペス（一七九八？―一八三九）も、特筆すべき作家であろう。彼はアメリカ先住民最初の自伝と思われる『森の息子』（*A Son of the Forest*, 1829）を書いたが、自伝によれば、エイペスの父親は白人とピークォット族の混血であり、フィリップ王と呼ばれたメタコムと血がつながっていると言われた女性と結婚した。エイペスの両親は彼が幼いときに離婚してしまい、彼は兄弟とともにコネチカット州に住む母方の祖父母に育てられた。祖母はアル中で、エイペスは度々ぶたれ、そのため四、五歳頃からいくつかの家庭を転々として育った。十五歳のとき家出をし、軍隊に入った。一八一八年にメソジスト系の牧師となり、一八二八年には司祭に任命された。次は『森の息子』からの引用である。ちなみに『森の息子』は、インディアン移住法の議論のまっ最中に出版された。

フィリップ王の物語はおそらく人びとに知れわたっているだろう。その結果、ピークォット族の歴史はフィリップ王が統治している間に、背信行為によって敗北させられた、と言うことにとどめておこう。そして、この幸せで力強く、平和を愛する人びとが保ってきた魅力的な伝統は、自らを敵と認める者、すなわち白人の手中に落ちてしまったのだ。白人は、森の赤い肌をした者には実に奇妙に見える例の思いやりの精神ゆえに、かつてはこの土地に喜んで迎えられていた。だが、友情の手を差し伸べられた白人は、生得権を侵犯した。そしてこの虐げられて苦汁を嘗めた部族国家は――なんと！近隣に住む白人のすぐ足元で苦しむことを要求されたが、それは唯一の不正行為というわけではなかった。彼らはさらなる厳しい、精神を蝕んでしまう苦痛に服従せねばならなかった。すなわち、娘たちを征服者が要求したのだ。そしてその後、いかに娘たちの悲しみを和らげるために努力がなされたか。この点だけを取っても、彼らは自らのネイションの栄光はすでに去ってしまったと考えた。

（Vizenor *Native American Literature* 20-21）

エイベスは一貫して白人を激しく批判している。ここには引用しなかったが、彼は自分を虐待したアル中の祖母さえも白人の犠牲者と述べている。

なお、ウィリアム・エイペスは一八三三年には『ピークォット族の五人のキリスト教徒インディアンの経験』（*The Experiences of Five Christian Indians of the Pequot Tribe*）を出版したが、同年白人によるマシュピー族のキリスト教改宗や土地の略奪などにたいして権利請求をした反乱に加わり、逮捕された。エイペスは正式にマシュピー族に迎えられており、一八三四年、エイペスのリーダーシップの下、マシュピー族はある程度の自治権を得ることができた。一八三五年、エイペスは野心作である『マシュピー族に関するマサチューセッツ州の憲法違反の法律にたいするインディアンの順法拒否、あるいは偽りの暴動の真相』（*Indian Nullification of the Unconstitutional Laws of Massachusettes, Relative to the Marshpee Tribe: Or, the Pretended Riot Explained*）を出版した。

この中でエイペスは、マシュピー族の反乱における自分の役割を説明するだけでなく、連邦政府のインディアン政策は単なる「略奪のための継続システム」であると非難した。また、一八三六年にはボストンにて『フィリップ王への賛辞』（*Eulogy on King Philip* Published in 1837）を読んだ。フィリップ王の悲劇的な運命について語ったこの最後の論文の中で、エイペスは先住民にたいする清教徒の抑圧的な態度を激しく攻撃した。

ジョージ・カップウェイ

オジブワ族（アニシナーベ族、あるいはチッペワ族）のジョージ・カップウェイ［カーゲガガーボウ］George Copway［Kahgegagahbowh］（一八一八―一八六九）も、激しく連邦政府に抗議した。カップウェイはカナダのオンタリオ州に定住していたオジブワ族のミシサウガ・バンドの一員だった。両親がキリスト教に改宗した一八二七年まで、オジブワ族の伝統の下で育った。カップウェイ自身は一八三〇年に改宗した。ライス・レイクにあるメソジスト・ミッション・スクールや、イリノイ州ジャクソンヴィルのエベニーゼア・マニュアル・レイバー・スクールなどで教育を受けた。宣教師や、牧師や、アッパー・カナダのメソジスト・オジブワ議会の副議長をしていたが、一八四六年に横領の罪でカナダのメソジスト教会を追われ、以後アメリカにてインディアンに関する講演や執筆をすることになった。

一八四七年、カップウェイは一八四二年のミネソタ州のオジブワ族の強制移住にたいする抗議として、オジブワ族の神話や部族の民族学、個人的な体験、さらには宣教師としての回想などが交じった自伝『カー・ゲ・ガ・ガー・ボウの人生と歴史と旅』(*The Life, History, and Travels of Kah-ge-ga-gah-bowh*)を出版した。そのほか、彼は『ニュー・インディアン・テリトリー、ミズーリ川以東部の組織』(*Organization of a New Indian Territory, East of the Missouri River*, 1850)という意見書なども書いた。

4　口承詩の英訳とアメリカ先住民による最初の詩

ヘンリー・ロー・スクールクラフトと妻ジェイン・ジョンストン・スクールクラフト

アメリカ先住民の口承詩の採集は、一九世紀初期頃から白人のヘンリー・ロー・スクールクラフト(一七九三―一八六四)などによって、少しずつはじまった。彼は、一八三九年に出版した先住民に関する著書『アルジック・リサーチズ』の中に、すでにオジブワ族の口承詩の英語訳をいくつか収録していた。(11) ちなみに、スクールクラフトの妻であるジェイン・ジョンストン・スクールクラフト（一八〇〇―一八四二）が、おそらく最初のアメリカ先住民詩人であり、英語で出版した最初の先住民女性であろう。

ジェイン・ジョンストン・スクールクラフトの父親、ジョン・ジョンストンは毛皮商人であり、スコットランド人とアイルランド人の混血であった。母親はオジブワ族の族長の娘であり、結婚後はスーザンと名を変えた。結婚後、ジョンとスーザンはオジブワ・ヴィレッジの近くのスー・セント・マリーに居をかまえた。八人の子どもたちは、小さい頃はスーザンにオジブワ語や部族の神話を教えてもらったが、後にカナダの私立学校にて教育を受けた。ジョンのお気にいりの娘だったジェインは、しばしば一緒にデトロイトやモントリオール、ケベックへ行った。またアイルランドにも行き、そこで四ヵ月ほど学校に通った。

一八二二年、後に夫となったヘンリー・ロー・スクールクラフトが、インディアン監督官としてスー・セント・マリーに赴任した。翌年、ジェインとヘンリーは結婚し、四人の子どもを儲けたが、内、二人（一人は死産）を亡くしてしまい、夫との関係も悪化したこともあってジェインは健康を害し、以後生涯病弱であった。一八四一年、一家はニューヨークに居を移した。同年、ヘンリーがイギリスを訪問中、妻ジェインは亡くなった。

ジェイン・ジョンストン・スクールクラフトは、詩を書いたことのある父親の影響で、若い頃から文学に目覚めていた。ヘンリーとの婚約期間中にも、二人は詩を交わしていたという。一八二六年十二月から一八二七年四月にかけて、ヘンリー・ロー・スクールクラフトは、主に先住民の文化についての雑誌『文学の航海者、あるいはムーゼンイーガン』誌を十五号まで発行した。その中にジェイン・ジョンストン・スクールクラフトはペンネームを使って、詩篇「薔薇」("Rose")や「眠れる友への詩行」("Lines Written to a Friend Asleep")などや、オジブワ族の神話の英訳を載せた。彼女の詩はルオフによれば、自然にたいする愛や、神にたいする信仰心などが中心となっており、イギリスのロマン派詩人などの影響が強い[12]。

ゴースト・ダンス

一八四九年、カリフォルニアで金が発見されて以来、数多くのアメリカ先住民は連邦政府によって居住地から追い立てられた。一応、連邦政府はそれぞれの部族を独立した国として容認していたが、またぞろ西部で金や銀が発見されると、先住民と交わした条約を一方的に破棄した。そして一八八七年には一般土地割当法(ドーズ法)が施行され、その結果、実にアメリカ先住民が所有していた土地の六〇%以上が奪い取られてしまった。このようなアメリカ先住民の土地の略奪と彼らの農民化・同化政策などによって、先住民の文化的殺戮は進んだ。アメリカ先住民の抵抗は、二百人ものスー族が殺された一八九〇年のウーンデッド・ニーの大虐殺において、おおかた終了した。

次は、こうした状況を反映した、アラパホ族のゴースト・ダンスの歌である。彼らは超自然の神が引き起こす竜巻を思い浮かべながら踊り、変革を待った。

幻滅

I

子どもたちよ、はじめわたしは白人たちがすきだった、
子どもたちよ、はじめわたしは白人たちがすきだった、
わたしは彼らにくだものをあげた、
わたしは彼らにくだものをあげた。

エクスタシー

Ⅱ

子どもたちよ、子どもたちよ、
風がふけば頭の羽がうたう――
風がふけば頭の羽がうたう。
子どもたちよ、子どもたちよ。

竜巻（変革の力）が語る

Ⅴ

わたしはぐるっとまわる
大地のさかい目、
ながい翼をつけてとぶのだ。

ヴィジョン

Ⅵ

子どもたちよ、子どもたちよ、
ほら！大地がいまにもうごく。
わたしの父がそう言っている。

霊の苦悩

Ⅸ

父よ、哀れんでくれ、
父よ、哀れんでくれ、
わたしの喉はカラカラだ、
もうなんにもない――食べものはなんにもない。

祈り

Ⅹ

父よ、あけの明星よ！
父よ、あけの明星よ！

わたしたちを見てくれ、わたしたちは夜明けまでおどった、
わたしたちを哀れんでくれ――ハイ、イ、イ！

（Cronyn *American Indian Poetry* 62-64）

ゴースト・ダンスは、大平原北部と北西部のコロンビア川からリオ・グランデ河の間の大盆地地域の部族に広がった、宗教的な形をとったアメリカ先住民の一種の民族主義運動だった。一八八八年、白人の武力と文化攻勢に先住民存亡の危機感を抱いたパイユート族の予言者ウォヴォカが、先住民の伝統に深く根ざした踊りの儀式に、救世主のお告げをつけ加えてはじめた。(13)彼らは、白人とともに間もなく現世は滅びてしまうだろうが、踊りつづければいつか救世の神が現れると信じた。そして、ここに挙げた歌詞のように、彼らは踊り、狂乱の中、儀式を執り行なった。恍惚状態になるとヴィジョンを見て、死者たちと話をした。連邦政府によりすべてを奪われ、アメリカ先住民はゴースト・ダンスというきわめて平和的な手段で自らの再生を祈るしかなかったのだ。しかし、これらの熱狂的な踊りに恐れを抱いた周辺の白人や監督官などが軍隊の出動を要請し、彼らを徹底的に弾圧した。

5　アメリカ先住民による最初の小説と詩

サラ・ウィネマカ

数々の性急で強制的な政策により、アメリカ先住民の生活と文化は徹底的に破壊され、信仰や儀式、言語、習慣、服装にいたるまでのあらゆる部族文化は否定された。とくにかなりの数の子どもたちは親から離され、ヨーロッパ系白人が経営している遠い寄宿舎制学校に送られ、体罰をもって部族の文化や言語などを禁じられた。

先祖の土地を手放し、リザヴェーションに移住させられると、当然アメリカ先住民の伝統的な部族生活は変化せざるを得なくなった。その結果、数多くの先住民たちは、連邦政府による抑圧や西部へと追い立てられてゆく先住民の状況を描写するだけでなく、自らの神話や物語、歌、歴史、習慣などについても語りはじめた。加えて、旅行記や小説までもが書かれはじめた。たとえば、ネヴァダ州で生まれたパイユート族のサラ・ウィネマカ［M・ホプキンス］Sarah Winnemucca [M.Hopkins]（一八四四—一八九一）は、一八八三年に波瀾万丈の部族の歴史と自らの自伝を、『パイユート族の生活 —— 彼らの過ちと主張』（*Life Among the Piutes: Their Wrongs and Claims*）として書き残した。彼女の父親、オールド・ウィネマカはパイユート族の族長であり、シャーマンであった。そのためにサラ・ウィネマカはいわゆる部族のスポークスマンとして講演をしたり、執筆活動をした。だが女性であるために、かなり非難されたようだ。『パイユート族の生活』はそのようなさまざまな攻撃にたいする弁明にもなっており、パイユート族の社会における女性の立場を考察する上でも興味深い。(14)

ジョン・ローリン・リッジ

アメリカ先住民による最初の小説は、混血のチェロキー族の父親と白人の母親を持つ、詩人であり、小説家であり、また新聞記者でもあったジョン・ローリン・リッジ（一八二七―一八六七）によって書かれた。彼の父親ジョン・リッジと祖父メイジャー・リッジは、チェロキー族のリーダー的存在であった。彼らは、チェロキー族が生き残るには西部へと移住するしかないと考え、やむなくニュー・エコタ条約を承認した。それにより、彼らはジョージア州のチェロキー族の土地を連邦政府に譲渡し、いまのオクラホマ州へと移住した。その条約が、後に「涙の旅路」として知られた、数千人ものチェロキー族の強制移住へとつながった。一八三九年、新たな土地に着くやいなや、父親と祖父は前述のエライアス・ブーディノとともにチェロキー族に虐殺されてしまった。ジョン・ローリン・リッジはその事件を目撃しており、以後生涯にわたって彼に影響を与えた。

事件後、ジョン・ローリン・リッジは、アーカンソー州とマサチューセッツ州で教育を受けた。一八四七年に結婚し、一度チェロキー・ネイションに戻ったが、口論が元でチェロキー人を殺してしまい、そのままカリフォルニアに向かった。彼はもともと詩や新聞記事などを書いていたが、カリフォルニア州にて小説家として、新たな人生をはじめた。一八五四年、チェロキー語の自分の名前を英訳したイエロー・バードというペンネームで、ゴールド・ラッシュの頃の歴史的事実に基づいた、ロマンチックで悲劇的な小説『名高いカリフォルニアの無法者、ホアキン・ミュリエタの人生と冒険』(*The Life and Adventures of Joaquin Murieta, the Celebrated California Bandit*)を出版した。表面上はうまく白人社会に溶け込み、つねにアメリカ先住民は白人文化や社会に同化すべきと言っていたジョン・ローリン・リッジは、この金目当ての小説の中で、主人公を悪名高きメキシコ系アメリカ人盗賊にした。しかし実のところ、アメリカ先住民である自らのアイデンティティーを忘れることができなかったのではないだろうか。小説の中では白人の抑圧や人種差別こそ主人公が復讐する動機となっている。

ところで、彼の死後、詩集『詩編』(*Poems*,1868)も出版されたことも特筆すべきであろう。

S・アリス・カラハン

最初のアメリカ先住民女性小説家は、『ワイネマ、森の子ども』（*Wynema: A Child of the Forest*, 1891）を出版した、テキサス州生まれのクリーク族とアイルランド人の血が流れているS・アリス・カラハン（一八六八―一八九四）である。彼女の父親は八分の一だけクリーク族の血が流れていた。彼は奴隷制には反対していたが、実際には数多くの黒人奴隷を使って牧場を営んでいた。一八六二年には南部連合議会の議員、そして六三年には南部連合軍第一クリーク族連隊の隊長となった。南北戦争後、インディアン・テリトリーに居を移し、部族の重職についたり、『インディアン・ジャーナル』（*Indian Journal*）紙の編集をしたりした。

S・アリス・カラハンは、経済的に非常に恵まれた環境に育ち、また独立心の強い父親の影響で、早くから先住民や女性の不当な社会的地位に気づいていた。彼女は一八八七年から、ヴァージニア州にあるウェズレヤン女学校で十ヵ月間教育を受けた後、オクムーギー・インディアン・テリトリーで教えた。一八九一年からは、モスコーギー（クリーク）族と白人が通うメソジスト系の高校、ハーレル・インターナショナル・インスティテュートの教員をしながら『ワイネマ』を執筆し、同年出版した。しかしながら、本が発売されたオクラホマやシカゴの新聞はまったく

『ワイネマ』を無視したようだ。(15) カラハンは、再びウェズレヤン・フィーメール・インスティテュートに戻って勉学をつづけ、将来、自ら学校を開校することを夢に抱いていたが、残念ながらわずか二十六歳で肋膜炎のために亡くなってしまった。

『ワイネマ、森の子ども』の中でカラハンは、一貫してクリーク・ネイションを楽園のように描いている。また、表層上は、一九世紀に流行した女性の手による家庭小説のように、南部の上流階級の白人ジェネヴィエーヴ・ウィアと純血のクリーク族のワイネマ・ハージョの、二人のヒロインの試練とロマンスを語っているように見える。しかし実際は、本の冒頭でカラハン自身「白人の兄弟たちの不正や抑圧を感じている北米のインディアン部族に捧げる」（Callahan *Wynema*）と語っているように、白人にたいする強い憤りこそ、カラハンがペンを執った理由のようだ。事実、カラハンは小説の最初から最後まで、一般土地割当法やウーンデッド・ニーの大虐殺、シッティング・ブルの殺害など、さまざまな先住民問題に関して彼らの立場を強く訴えている。それだけでなく、彼女は女性の立場や参政権に関して政府にたいし鋭い批判を展開している。次はワイネマが、彼女の将来の夫となるロビン・ウィアに真剣になって語っている場面である。

いまでもわたしは信じています。いつか「男性より劣った者」、「弱き者」が、あの「崇高な神の創造物」の傍に、すべての点において平等な立場で、堂々と立つときがくるでしょう。（中略）なるほど、わたしの国の女性には議会の投票権はありません。わたしたちは公の集会で話すことはありません。教会においてさえないのです。しかしわたしたちは、より文明化した白人の姉妹たちが自由を勝ち得るのを待っています。そしてわたしたちの良い手本となることを。その後にわたしたちがすぐにつづくのです。（Callahan *Wynema* 45）

E・ポーリーン・ジョンスン

一九世紀後半に活発に詩を書いた詩人のひとりが、現在のカナダのモホーク族とイギリス人の血が流れているE・ポーリーン・ジョンスン E. Pauline Johnson（一八六一―一九一三）である。彼女は小説も書いたが、混血の問題について語った最初の先住民作家のひとりであろう。

E・ポーリーン・ジョンスンは、一八六一年にカナダのオンタリオ州にあるシックス・ネイションズ・リザーヴに生まれた。父親ジョージ・マーティン・ジョンスンはモホーク族の族長だった。母親エミリー・スザンナ・ハウェルズはイギリス人で、作家H・D・ハウェルズのいとこだった。ポーリーンは幼い頃から裕福な生活を送り、バイロンやロングフェローなどのロマン派詩人たちの作品に慣れ親しみながら、家庭にて教育を受けた。しかし、幸福な生活は一変した。父ジョージは、リザーヴにおける不正な飲酒や木材の切り出しを撲滅しようとしたが、その仕返しにあって一八八四年に亡くなった。以後、一家は大きな屋敷を売ったりして、なんとか困難を切り抜けた。

一八九二年、E・ポーリーン・ジョンスンはインディアンの衣装に身を包み、トロントの舞台で自作詩「インディアンの妻の叫び」("A Cry from an Indian Wife")を朗読した。一八九四年以降、彼女は自らのインディアン名、テカヒオンワケ Tekahionwake（二重の貝殻玉）を名乗り、十六年間にわたってカナダやイギリスで盛んに公演をした。一八九五年には、第一詩集『白い貝殻玉』（*The White Wampum*）をロンドンで出版した。また、一九〇三年には、トロントにて第二詩集『カナダに生まれて』（*Canadian Born*）を出版した。『白い貝殻玉』は、主にインディアンと白人の争いがテーマとなっている。特に詩篇「クズリ」("Wolverine")や「牛泥棒」("The Cattle Thief")などは、先住民を搾取する白人への抗議となっている。

次は「牛泥棒」からの引用である。

彼らは大草原を越えてやってくる、懸命に、すばやく馬を蹴散らしながら。
がむしゃらな馬乗りたちはついに男を見つけた——

男は東へと向かう、そこにはクリー族のキャンプ地がある、
川辺のポプラ並木が何マイルも、何マイルもつづいている。

人違いか？　そんなはずはない！　彼を見間違えるなんて、あの名高いイーグル・チーフを！

開拓者がみな恐れる者、がむしゃらな牛泥棒――

あの途方もなく大胆不敵なインディアン、大平原は彼のものだった、
彼は探りだし、襲いかかり、盗んだ、ハリケーンのように突っ走った！

だが彼らは大草原まで追いかけてくる。彼らは必死になって後を追った。

がむしゃらなイギリス人の開拓者たちはついに彼の姿を見つけだした。

彼らは向きを変えてティーピーまでやってきた、彼らイギリス人の血が煮えたぎる、
銃弾を詰め、虐殺した、獲物をしとめるのに熱中した。

(Johnson *Flint and Feather* 10)

ここには引用しなかったが、この後にはイギリス人によるイーグル・チーフの虐殺が描かれている。また、イーグル・チーフの妻であろうか、ひとりの女性はイギリス人がイーグル・チーフ

を「牛泥棒」と呼ぶのは不当であると訴えている。彼女は、インディアンから土地や食料などだけでなく、魂をも奪い取り、彼らを飢えさせているのはイギリス人の方であり、イギリス人はいますぐにでも母国に帰るべきだと強く抗議している。

なお、『白い貝殻玉』には、E・ポーリーン・ジョンスンの一番有名な詩と言われている西風を描いた「わたしの櫂が歌う歌」（"Song My Paddle Sings"）も収録されている。

E・ポーリーン・ジョンスンは一九〇七年頃から小説なども書きはじめ、アメリカにおいても数多くの読者を得た。また、一九一二年にはカピラノ族長によって語られた先住民の伝説を英訳した『ヴァンクーヴァーの伝説』（*Legends of Vancouver*）を出版した。一九一三年、E・ポーリーン・ジョンスンは癌で亡くなってしまったが、彼女の死後出版された短篇小説集『シャガナッピィ』（*The Shagganappi*,1913）（鹿皮色の小馬）と『モカシン・メイカー』（*The Moccasin Maker*, 1913）では、混血の少年や混血の女性の先住民などが扱われており、きわめて先駆的な作品となっている。

チャールズ・アレクサンダー・イーストマン

連邦政府によってリザヴェーションに追いやられたアメリカ先住民は、一九世紀後半から二〇世紀初期にかけて、必死にヨーロッパの文化に順応しようとしていた。生き残るためには、そうするしかなかった。また繰り返しになってしまうが、かなりの数の子どもたちが、白人が経営するはるか遠くのカリフォルニア州やペンシルヴェニア州などにある寄宿舎制学校に送られた。子どもたちはキリスト教を押しつけられる一方で、伝統的な宗教や文化を否定され、体罰をもって自分たちの言語を話すことも、髪を伸ばすことも、部族の服装に身を包むことも禁じられた。彼らにはもちろん、新たなアングロ・ヨーロッパの名前が与えられた。

リザヴェーションという徹底的な分離と牢獄に追いやられたさ中、先住民はそれでも自らの部族の文化や歴史、さらには白人の経営する寄宿舎制学校での困難な生活体験などについても書き残そうとした。たとえば、当時人気のあったスー族の自伝作家で短篇小説家のチャールズ・アレクサンダー・イーストマン［オハイエサ］（一八五八―一九三九）は、『インディアン魂』（*The Soul of the Indian*, 1911）や『今日のインディアン』（*The Indian Today*, 1915）の中で、アメリカ先住民の信念や、当時の先住民が直面していた問題などについて語っている。

イーストマンは、ミネソタ州のレッドウッド・フォールズの近くに生まれた。混血の母親メアリー・イーストマンは、息子を生むとまもなく亡くなった。父親ジェイコブ・（メニー・ライトニングス・）イーストマンは、一八六二年のミネソタ・スー族の暴動に加わり、投獄された。そのためイーストマンことオハイエサ Ohiyesa（勝利者）は、幼い頃からサンテ・スー族の伝統の下、父方の祖父と叔父に育てられた。十五歳のとき、死んだと思っていた父親が現れた。イーストマンは父親と一緒にノース・ダコタへ移住し、そこでミッション・スクールに通った。その後父親の影響でキリスト教に改宗し、名前もチャールズ・アレクサンダーに変えた。彼はさまざまな教育機関で教育を受け、三十二歳でボストン大学を卒業し、最初のアメリカ先住民の医師となった。しかし先住民の医師として自立するのは困難であり、長い間連邦政府の下で働いた。また年を取るにつれて次第に先住民問題に深く関わるようになり、アメリカ・インディアン協会（ＳＡＩ）の設立にも加わった。

執筆をはじめたのは比較的年を取ってからであり、妻のイレーヌ・グッデール・イーストマン Elaine Goodale Eastman の助けを得て前述の作品に加えて、一九〇二年に自らのダコタ・スー族のリザヴェーションでの生活について綴った『少年時代のインディアン』（*Indian Boyhood*）を出版した。また一九一六年には、白人の経営する寄宿舎制学校での体験や医師としての経験を描いた『深い森から文明へ』（*From the Deep Woods to Civilization*）を出版した。この本には、次第に文明にたいして幻滅を感じてゆくイーストマンの心情が吐露されている。

次は『少年時代のインディアン』の冒頭である。文明を知らなかった少年時代にたいする、いささかロマンチックでノスタルジックな描写となっている。


世界でいちばん自由な人生を送りたいと考えている男の子がいるのなら、しばらくインディアンになってみるのはどうだろうか。まさに僕がそうだったのだ。毎日、ほんとうに狩りにいった。ほんものの狩猟だ。ときどき誰のじゃまもはいらない森の奥で、メディスン・ダンスをした。男の子たちは、ブレイヴ・ブルやスタンディング・エルクやハイ・ホークやメディスン・ベアやほかの年寄りになった振りをした。からだに色を塗って、父や祖父たちのまねをした。ちょっとしたこまかい事まで、それもそっくりにだ。だって、みんな実際にほんものを知っていたからだ。

僕たちは人間のまねがうまいだけじゃなく、自然もじっくりかんさつした。ちょうど本を読むように、動物の習性をかんさつした。僕たちは部族の男たちをよく見て、まねごっこをした。それから毎日かれらを模範とした。

荒野の子どもほど、五感をうまくつかいこなす者はいない。僕たちは、見たり、聞いたりするのとおなじように、匂いをかぐことができた。僕たちは、見たり、聞いたりするのとおなじように、感じたり、味わったりすることができた。充実した思い出がほしかったら、荒野で暮らすのがいちばんだ。そして僕がいまこうしていられるのは小さかったあのころ、いろいろ習ったおかげだと心からおもっている。(Eastman *Indian Boyhood* 3-4)

イーストマンは他に、短篇小説集『赤いハンターとアニマル・ピープル』(*Red Hunters and the Animal People*, 1904)や、『なつかしきインディアン時代』(*Old Indian Days*, 1907)、またスー族の民話集なども出版した。ちなみに、イーストマンは妻イレーヌ・グッディールと一九二一年に離婚したが、以後ほとんど執筆することはなかった。

アレクサンダー・ローレンス・ポージィーとウィル・ロジャース

チカソー族とクリーク族と白人の血を引くアレクサンダー・ローレンス・ポージィー Alexander Lawrence Posey(一八七三—一九〇八)や、チェロキー族のウィル・ロジャース Will Rogers などは、インディアン・テリトリーや政府にたいする風刺文を書いた。

アレクサンダー・ローレンス・ポージィーは、十四歳までまったく英語を話せなかったという。

クリーク・ナショナル・スクールや、ベーコン・インディアナ大学で教育を受けた後、オクムーギーなどでクリーク族の学校の校長となった。同時に、新たに『インディアン・ジャーナル』（*Indian Journal*）紙を編集、発行した。

一八九〇年頃から一九〇〇年頃までは詩に関心を向け、エミリー・ディキンスンやウォルト・ホイットマン、イギリスのロマン派の詩人などに興味を抱いていた。しかし、英語で自作詩を発表するのをためらっていた。

一九〇〇年以降、ポージィーはアーヴィングやエマスンやソローに傾倒し、クリーク族の民間伝承や、自らの子ども時代などに関する執筆をした。一九〇二年、『インディアン・ジャーナル』紙に、仮想の純血のクリーク族ファス・フィクシィコの名前で、クリーク族にたいするオクラホマ州への強制移住や土地割当法など、さまざまな連邦政府の政策を風刺した文章を書きはじめた。ファス・フィクシィコが操るクリーク語なまりの英語は反響を呼び、一九〇八年まで約六十通の書簡形式の風刺文を書くことになった。

ウィル・ロジャースは、新聞のコラムなどに政治に関する風刺文を書いた。

ズィトゥカラ・ザ

スー族と白人の血を引くズィトゥカラ・ザ Zitkala Sa（一八七六―一九三八）は、部族の物語を編んで、一九〇一年に『なつかしきインディアンの伝説』（*Old Indian Legends*）を出版した。彼女はサウス・ダコタ州のヤンクトン・リザヴェーションで生まれた。インディアナ州のクエイカー系のホワイツ・マニュアル・レイバー・インスティテュートや、アールハム・カレッジで教育を受けた。『なつかしきインディアンの伝説』を出版後、しばらく筆を折っていた。アメリカ・インディアン協会（ＳＡＩ）の財務事務官になったのをきっかけに、一九一八年から一九年まで『アメリカン・インディアン・マガジン』（*American Indian Magazine*）誌の編集をするようになった。一九二一年、それまで『アトランティック・マンスリー』誌に掲載した自伝を、『アメリカ・インディアン物語』（*American Indian Stories*）として出版した。

エラ・Ｃ・デローリアとウィリアム・ジョーンズ

一九世紀後半から二〇世紀初期には、数多くのアメリカ先住民自身による、先住民文化人類学や民族歴史学などについての執筆も相次いだ。スー族のエラ・Ｃ・デローリア Ella C. Deloria やフォックス族のウィリアム・ジョーンズ William Jones などは、先住民詩研究における当時の第一人者であり、アメリカの文化人類学の父と呼ばれるフランツ・ボアスから教えを受け、先住民口承詩などについて書いた。

7　混血の主人公

モーニング・ダヴ

アメリカ先住民が名目上アメリカ市民権を得たのは、一九二四年になってからである。一九三四年にはインディアン再編成法が施行され、ようやく先住民の地位の見直しがはじまったが、実質的には大半の先住民は相も変わらず悲惨な状況に置かれたままであった。つねに白人社会への融合を強いられ、英語名とインディアンの二つの名を持ち、第二次世界大戦ではほかのマイノリティーの人種や民族の人びとと同様に、アメリカ人として戦場に送られた。それだけでなく、一九五三年には新たな連邦管理終結政策（ターミネーション）が開始され、またもや土地や資源が奪われた[16]。加えて、多くのアメリカ先住民はリザヴェーションを追い出されて、やむなく都市部に移動した。

リザヴェーションはもとより、都市部においてもアメリカ先住民は欧米白人の価値観に同化させられたが、一九二〇年代以降になると多くのアメリカ先住民小説家が、白人の世界と先住民の世界の狭間で、あるいは都市や白人の経営する牧場などとリザヴェーションの狭間で、白人と先住民の混血であるがために自らのアイデンティティーに悩む主人公などを描いた。たとえば、コールヴィル族のモーニング・ダヴ（一八八二？―一九三六）は、一九二七年にモンタナ州での最後のバッファロー狩りを見て、書きはじめたという小説『コゲウェア、混血の女――広大なモンタナ州の大牧場』（*Cogewea, The Half Blood: A Dipiction of the Great Montana Cattle Range*）を出版した。

モーニング・ダヴは、母親がカヌーでアイダホ州のクーテナイ川を渡っているときに生まれた。母親ルーシー・ストゥキンはコールヴィル族だった。またルーシーの祖父は、現在の（アカナガ族を含む）コールヴィル族と統合したシュウェルピ族の族長だった。父親ジョセフ・キンタスケットはアイルランド人と先住民の混血であり、カナダのブリティッシュ・コロンビア州で生まれた。なお、モーニング・ダヴ自身は、自らをワシントン州東部に住むアカナガ族と呼んでいた。彼女は幼い頃から母方の祖母の影響を受けて、先住民の伝統を重んじる環境で育った。グッドウィン・ミッション・スクールや、カナダのカルガリーにあるビジネス・カレッジなどで学んだ。二度結婚したが、子どもはいなかった。また季節労働者やコックとして働いたり、下宿屋を営んだりした。一九一四年に作家で編集者のルコルス・V・マックホーター Lucullus V. McWhorter と出会い、一九一二年にすでに書き上げていた『コゲウェア、混血の女』の原稿を見せた。マックホーターの助言で推敲を重ね、一九一六年には改めて原稿を完成させた。第一次世界大戦がなければ、一九一七年か一八年頃にはモーニング・ダヴだけの手による著書が出版されていたかもしれない。残念ながら、一九二二年にマックホーターが連邦政府の先住民にたいする搾取などに関する文章を加えて、大幅に書き換えてしまった。最終的には一九二七年に出版されたが、このときには元の姿はほとんど残っていなかったという[17]。

モーニング・ダヴは、常に消滅してゆく先住民の文化や伝統に危惧を抱いていた。『コゲウェア、混血の女』には、アカナガ族の口承の伝統と、当時の先住民の状況が鮮明に描かれている。意志の強い女主人公コゲウェアは、アイデンティティーに悩み、一時自らの部族の伝統を拒否してしまう。ちなみに、このようなアイデンティティー抗争や人種差別は、まさにこんにち数多くの作家や詩人がテーマとしているものである。

次は『コゲウェア、混血の女』からの引用である。

新たな世代は教育に熱心である。そして混血児は白人の子どものように育てられ、純血のインディアンより有利な立場で仕事をしている。しかし、そうしたところで、彼らは単なるあいまいな存在にすぎない。自分たちだけのちっぽけな世界に閉じこもっているだけなのだ。どちらの人種も彼らを受け入れてはくれないようだ。インディアンは混血児にたいして不当に疑ぐり深い。また白人は無礼にも彼らを無視した。二つの人種が混じり合い、いかなる社会的な成功への道も閉ざされて、彼らの人生は陰欝になってしまった。（中略）コゲウェアは小さく声を出して言った。

「そう、わたしたちは赤と白の二つの炎のまん中にいる。わたしたちの白人の兄弟は、わたしたちを無能と非難する。そしてインディアンは、自分たちの種族を見捨ててしまう者と言い掛かりをつけて、わたしたちを勘当する。わたしたちはもっとも下劣な『混血児』と悪口を言われ、中傷される。もし許されるなら、わたしはインディアンとしてリザヴェーションで暮らすより白人として暮らしたい。でも、それも伮にならない。わたしはこれまで受けた貧しい教育を貴重に思う。けっして母から受け継いだ血を否定しようなんて思わない。当然でしょう？ わたしの肌は黄褐色だけど、恥ずかしくない。偉大なる精霊が、そのように決めた。そして彼のやり方は変わることがないし、誰にも咎められることもない。わたしの前には道が広がっている。でこぼこで石だらけの道が。先祖たちの神の目の前で、わたし

は自分の義務を充分に果たせるだろうか。何も……」(Dove *Cogewea* 41)

なお、一九三三年にモーニング・ダヴはアカナガ族の神話や物語を収集し、『コヨーテ物語』(*Coyote Stories*)として出版したことも特筆すべきであろう。

ダーシィー・ミックニクル

クリー族とフランス人とアイルランドの血を引く(ウィリアム・)ダーシィー・ミックニクル(一九〇四—一九七七)も、二つの文化に引き裂かれた主人公を描いた小説『包囲』(*The Surrounded*,1936)を書いた。

ダーシィー・ミックニクルはモンタナ州で生まれた。父親はアイルランド系アメリカ人の農夫であり、母親はフランス人とクリー族の混血であった。一家はフラットヘッド(セイリッシュ族)・リザヴェーションに住んでいたようであったが、一九〇五年までセイリッシュ・クーテナイ連合部族には父親だけしか登録されていなかった。一九一四年には両親は離婚してしまった。ミックニクルはオレゴン州の寄宿舎制学校やモンタナ州の公立中学校、モンタナ大学、さらにはイギリスのオックスフォード大学で教育を受けた。しかし彼は当時はインディアンとしてのアイデンティティーを拒否していたようだ。

ミックニクルは一九二七年頃から一九三五年頃までニューヨークに住んでいたが、作家として成功せず、意気消沈していた。この時期に自らのインディアンの血に目覚め、一九三六年に『包囲』を出版した。だが経済的な理由のために、彼は連邦政府の内務省インディアン局（BIA）やアメリカ・インディアン開発で働きはじめた。一九六六年、ミックニクルはサスカチュワン大学レジーナ校の文化人類学部の創設をまかされた。一九七一年に退官し、ニューメキシコ州のアルバカーキに居を移した。また、一九七七年に亡くなるまで、シカゴのニューベリー図書館のアメリカ・インディアン歴史センターの所長だった。

小説『包囲』の中で、ミックニクルはリザヴェーションにおけるアメリカ先住民の状況を理想化したり、無条件に同化政策に同意することなく淡々と描いている。スペイン人とセイリッシュ族の血を引く主人公アーチャイルド・リオンは、最初、ミックニクルと同様にセイリッシュ族としての自らのアイデンティティーを拒否していた。しかし、次第にインディアン社会に価値を見いだすようになる。次の引用は、セイリッシュ族の母親に惹かれてゆく主人公を描いている。

秋が深まるにつれて、アーチャイルドは母親に次第に引き寄せられてゆくのを感じた。ほんの少し前まで、彼女のことを恥じていたのだ。近づくことさえ耐えられなかった。数年前の高校生活の最後の年には、それが一番ひどかった。それから、ごく最近まで、そのことについてはあまり考えることはなかった。彼は彼女の存在に耐え、世界についての彼女の幼稚な考えを笑った。自分のために宴会を開いてくれたときも、しぶしぶ出席したものだ。だが、あのときから新たな見方で母親だけでなく、年寄りみんなについてほんとうに考えはじめた。あの夜、彼らの苦難を知らされたとき、彼はこころの底から理解した。彼はこころ動かされた。おそらく、年寄りはなにも持っていなかった。彼らは見下されていた。でも、それは不当に思えた。気がつくと、彼はひんぱんに彼らについて考えていた。彼は彼らの人生について、つねに思いめぐらしていた。(McNickle *The Surrounded* 113)

小説の最後では、アーチャイルドは身に覚えがない殺人の罪で逮捕されようとしている。しかし、彼はいまや精神的バランスを回復し、セイリッシュ族としてのアイデンティティーを見いだす。白人文化と接触したが、文化変容に失敗してしまったセイリッシュ族と同じように、アーチャイルドも個人的に追い詰められている。しかし彼の精神はあくまでも自由である。それだけでなく、激しく流動している状況下にあって、自らの価値観を守るには、自分で自らの進む道を見つけ出さなくてはならないと悟る。そしてこの点において、ミックニクルの小説はまさにネイティヴ・アメリカン・ルネッサンスの幕開けとなったN・スコット・ママデー N. Scott Momaday の『夜明けの家』(*House Made of Dawn*, 1968) の前段階的作品となっている。[18]

なお、小説『敵の空から吹く風』(*Wind from an Enemy Sky*, 1978) はミックニクルの死後出版された。

ジョン・ミルトン・オスキスン

チェロキー族とイギリス人の血を引くジョン・ミルトン・オスキスン John Milton Oskison (一八七四―一九四七) は、小説『三人の兄弟』(*Brothers Three*, 1935) を書いた。父親ジョン・オスキスンはイギリスから移民した。母親レイチェル・コナー・クリステンデンは四分の一だけチェロキーの血が流れていた。ジョン・ミルトン・オスキスンは、オクラホマ州のタークレア・インディアン・テリトリーの近くで生まれ、インディアン・テリトリーにある父親の牧場で牛の世話をしながら育った。スタンフォード大学やハーヴァード大学などで教育を受けている。インディアン問題についてや、オクラホマ・テリトリーでの厳しい辺境の生活を描いた小説や短篇小説を書いた。特に、自伝に基づいた『三人の兄弟』は、彼の作家としての地位を築いた作品である。

8　戯曲と推理小説と自伝

リン・リッグス

もっとも重要な最初のアメリカ先住民劇作家は、チェロキー族の（ローラ・）リン・リッグス（Rolla）Lynn Riggs（一八九九―一九五四）であろう。ロジャースとハマスタインによるミュージカル『オクラホマ』の原作は、リッグスの『緑はライラックを育てる』（*Green Grow the Lilacs*, 1936. Produced on Broadway, 1931.）である。

リッグスはオクラホマ州で生まれた。父親ウィリアム・グラント・リッグスはカウボーイであり、後に銀行家になった。母親ローザ・ギリスは、八分の一だけチェロキー族の血が流れていた。リッグスが一歳のときに母親が亡くなり、父親は再婚したが、ひとりの姉を含む五人の兄弟は大変仲が良かった。リッグスはイースタン私立中学校やオクラホマ大学で教育を受けた。一九二二年、在学中に最初の戯曲『カッコウ』（*Cuckoo*）が上演された。一九二五年には、『シリアのナイフ』（*Knives from Syria*）を含む三本の戯曲を書いた。以来、精力的に書きつづけ、一九二七年に上演された『大きな湖』（*Big Lake*）によりグッゲンハイム奨学金を得て、二八年から三〇年までヨーロッパに滞在した。帰国後、前述のブロードウェーで上演された『緑はライラックを育てる』や、『チェロキーの夜』（*The Cherokee Night*, 1936. First produced in 1932.）、『道ばた』（*Roadside*, 1936. Produced on Broadway, 1930.）など数々の戯曲を書いた。

『チェロキーの夜』には、一八九五年から一九三一年までの西部におけるチェロキー族の崩壊が描かれている。その中でリッグスは、インディアンが自らのアイデンティティーを失うことは、人間としての自らの存在を矮小化させてしまうことであると訴えている。一九四二年、リッグスは第二次世界大戦に徴兵された。帰還後も戯曲を書きつづけたが、その後はあまり注目されず、一九五四年に静かに亡くなった。

ジョン・ジョセフ・マシューズとトッド・ダウニング

オセージ族とフランス人の血が流れるジョン・ジョセフ・マシューズ John Joseph Mathews（一八九四―一九七九）は、一九三二年に自伝『ワコン・ター――オセージ族と白人の道』（*Wah'Kon-Tah: The Osage and the White Man's Road*）を、また一九三四年には小説『日没』（*Sundown*）を書いた。チョクトー族のトッド・ダウニング Todd Downing（一九〇二―一九七四）は、推理小説『猫の叫び』（*The Cat Scrams*, 1934）を書いた。

ブラック・エルク

オグララ・ラコタ・スー族のホーリー・マンであったブラック・エルク Black Elk（一八六三―一九五〇）は、一九三一年にジョン・G・ナイハート John G. Neihardt に語った自伝を、翌年『ブラック・エルクは語る』（*Black Elk Speaks*, 1932）として出版した。その中で彼は、クレイジー・ホースやシッティング・ブルなどが加わり、例のカスター将軍らを全滅させたリトル・ビッグホーンの戦い（一八七六）や、ウーンデッド・ニーの大虐殺の生き証人として生々しく語っている。また彼の死後、ゴースト・ダンスなどについて語った『六代目の祖父』（*The Sixth Grandfather*, 1984）が出版された。

9　二〇世紀前半の詩と新聞と雑誌と歴史書

ポージィー、モーリス・ケニー、ほか

二〇世紀の前半には、アメリカ先住民によってあまり詩は書かれなかったようである。前述の風刺作家、アレクサンダー・ローレンス・ポージィーが若かりし頃書いた詩が、彼の死後の一九一〇年に詩集『アレクサンダー・ローレンス・ポージィー詩編』（*The Poems of Alexander Lawrence Posey*）として出版された。同様に、（ローラ・）リン・リッグスの詩が、一九三〇年に『鉄の皿』（*The Iron Dish*）として出版された。なお、一九五〇年代に詩を書きはじめ、七〇年代以降活躍したモホーク族のモーリス・ケニー（一九二九―）は、五〇年代後半に『レズビアへ、愛をこめて』（*With Love to Lesbia*, 1959）などの小冊子詩集を出した。また、コユカン・アタバスカン族とロシア人、スコットランド人、アイルランド人の血を引く女性詩人メアリー・トールマウンテン Mary TallMountain（一九一八―）による詩作もはじまった。

『インディアン・ジャーナル』紙、ほか

アメリカ先住民は、二〇世紀に入ってからも盛んに新聞を発行しつづけた。前述のアレクサンダー・ポージィーによる『インディアン・ジャーナル』紙の発行を追いかけるように、一九一七年には、オジブワ族のC・H・ボーリオ C. H. Beaulieu などによって『トマホーク』（*Tomahawk*）紙が発行された。以後、『インディアン・スピーキング・リーフ』（*Indian Speaking Leaf*, 1937,

New Jersey）紙や、『スタンディング・ロック・エヤパハ』（*Standing Rock Eyapaha*, 1943, Fort Yates, North Dakota）紙など数々の新聞が発行された。

『ワッサハ』誌、ほか

雑誌も創刊された。一九一六年には、ヤバパイ族のカルロス・モンテズマ Carlos Montezuma が、先住民に関する記事が中心の雑誌『ワッサハ』（*Wassaja*）誌を創刊し、アメリカ政府の先住民にたいする政策をおおいに攻撃した。アメリカ・インディアン協会も、セネカ族のアーサー・C・パーカー Arthur C. Parker による編集の『クォータリー・ジャーナル』（*Quarterly Journal*, 1912–16）誌と、前述の『アメリカン・インディアン・マガジン』誌を創刊し、先住民自らの視点から意見を述べた。

『彼らが最初にここにやって来た』

もちろんこの時期には、自らの手で部族の歴史を綴ろうとする優秀な先住民民族史家もぞくぞくと現れた。たとえば、前述の小説家ダーシィー・ミックニクルがそのひとりである。彼の著書『彼らが最初にここにやって来た』（*They Came Here First*, 1949）や、『合衆国のインディアン部族』（*The Indian Tribes of the United States*, 1962）は、これまでのアメリカ先住民史において欠落した先住民自身の視点から書かれている。

第三章　ネイティヴ・アメリカン・ルネッサンスの作家たち

1　ネイティヴ・アメリカン・ルネッサンス

モヒガン族のサムスン・オカムが一八世紀に英語による説教を出版して以来、アメリカ先住民は約二百年間、文字を通じて自己表現してきた。しかしながら先住民による執筆はおおかた無視され、永い間埋もれてきた。アメリカ先住民文学が、アメリカ文学の中にあって本格的に可視化されるようになった切っ掛けは、カイオワ族とチェロキー族とフランス人の血を引く作家であり、詩人でもあるN・スコット・ママデーの小説『夜明けの家』が一九六八年に出版されたことと、その翌年の一九六九年のピューリッツァー賞受賞である。言い換えれば、ネイティヴ・アメリカン・ルネッサンスは一九六〇年代末のママデーの小説の発表と主流社会の認知にはじまると言えよう。また、現代アメリカのインディアン文学のルーツもここにある。

アメリカ社会においては、一九五〇年代後半から公民権運動が起こり、それまで虐げられてきたマイノリティーの諸権利が認められるように要求がなされた。さらには、一九六五年には国別による割当制を廃止した移民法の改正があり、中国人、韓国人、ヴェトナム人などアジアからの移民や、隣国メキシコ人移民の急激な増加によって、アメリカ人の人口構成に大変化が起こりはじめた。まさに時代は従来のヨーロッパ近代の白人男性の価値観に同化すべきという同化主義から、互いに差異を認め合い、共生しようとする多文化主義へと次第に比重が移行しようとしていた。

アメリカ先住民にとっても一九六〇年代は、先住民の文化や伝統の復権の絶好のときであった。たとえば一九六八年のアメリカ・インディアン運動（ＡＩＭ）の結成や、六九年のサンフランシスコ湾のアルカトラズ島占拠など、さまざまな形でアメリカ先住民の蜂起がはじまった。文学においても、ママデーのピューリッツァー賞受賞を契機に、それまで埋もれていた数多くの英語で書かれたアメリカ先住民文学が発掘されただけでなく、同時に先住民自身によってアメリカ先住民文学撰集などが次々と出版された。

ちなみにネイティヴ・アメリカン・ルネッサンス以前には、アメリカ先住民系の小さな出版社が発行する雑誌などに現代先住民文学が細々と発表されているだけであった。しかし一九六八年から六九年を境にして、堰を切ったように数多くの雑誌が出版された。具体的には、ママデーがピューリッツァー賞を受賞した同じ年の一九六九年に、先住民ではないが、ジョン・R・ミルトン John R. Milton が、『サウス・ダコタ・レヴュー』(*South Dakota Review*) 誌の特別号を編んだ。小さな出版社から出た「アメリカ・インディアンが語る」というこの特集号には、それまで多くの大手の出版社が無視してきた若くて有望な先住民作家が数多く含まれた。同年の一九六九年、この特集号は『アメリカ・インディアンが語る』(*The American Indian Speaks*)(1) という最初の本格的な現代アメリカ先住民文学撰集となった。ブラックフット族とグロー・ヴァン族の血が流れている小説家であり、詩人でもあるジェームズ・ウェルチ James Welch や、アコマ・プエブロ族の詩人であり、作家でもあるサイモン・J・オーティーズ Simon J. Ortiz など、四十名以上の作家やアーティストが収録された。そのほか、一九七〇年代以前には『ニュー・メキシコ・クォータリー』(*New Mexico Quarterly*) 誌や、モホーク族による新聞『アクワサスニ・ノーツ』(*Akwesasne Notes*) 紙なども現代のアメリカ先住民の詩などを掲載していた。七〇年代以降になると先のジョン・R・ミルトンが、先住民文学とアートを特集した『ニムロッド』(*Nimrod*, Spring-Summer

1972）誌や、『ダコタ・テリトリー』（*Dakotah Territory*, Winter 1973-74）誌を編んだ。以来、『インディアン・ヒストリアン』（*Indian Historian*, Spring 1976）誌九号や、『ニュー・アメリカ―ア・レヴュー』（*New America: A Review*, Summer-Fall 1976）誌二号、『シャンティ』（*Shantih*, Summer-Fall 1979）誌四号、一九八九年発行の『ニムロッド』（"Oklahoma Indian Markings" issue, 1989）誌などの雑誌が特集を組んだり、『ブルー・クラウド・クォータリー』（*Blue Cloud Quarterly*）誌や、『サン・トラック』（*Sun Track*）誌などのアメリカ先住民文学の雑誌も新たに創刊された。

白人のジェローム・ローゼンバーグ Jerome Rothenberg による英訳の先住民口承詩撰集『ガラガラを振りながら』（*Shaking the Pumpkin*, 1972）は別にして、かなりの数のアメリカ先住民文学に関する本も先住民によって出版された。現代のアメリカ先住民詩に関する著作目録が充実したアンジェリン・ジェイコブスン Angeline Jacobson 編集による『現代アメリカ先住民文学』（*Contemporary Native American Literature*, 1977）[2]や、ゲーリー・ホブスン 編集による包括的な現代先住民文学撰集『記憶された大地』（1979）[3]、あるいはデー Day とバウエリング Bowering 編集によるカナダ先住民文学撰集『たくさんの声』（*Many Voices*, 1977）、ベネット・トゥヴェッテン Benet Tvedten 編集による『アメリカ・インディアン撰集』（*An American Indian Anthology*, 1971）、テリー・アレン Terry Allen とメー・ドゥーラム Mae Durham 編集による『ささやく風』

（*The Whispering Wind*, 1972）、テリー・アレン編集による『四本の矢』（*Arrows Four*, 1974）、ディック・ルーリー Dick Lourie 編集による『パワーを得る』（*Come to Power*, 1974）、ドゥエイン・ナイタム Duane Niatum 編集による『夢の輪を運ぶ者』（*Carriers of the Dream Wheel*, 1975）、ケネス・ローゼン Kenneth Rosen 編集による『虹の声』（*Voices of the Rainbow*, 1975）、レイナ・グリーン Rayne Green 編集による『それが彼女が言ったこと』（*That's What She Said*, 1984）、ベス・ブラント Beth Brant 編集による『霊の集まり』（*A Gathering of Spirit*, 1988）など実に多くの本が編まれ、英語で創作する現代の先住民小説家や詩人が広範囲にわたって紹介された。そのほか、サイモン・J・オーティーズは短篇小説撰集『大地の力がやって来る』（*Earth Power Coming*, 1983）[4]などを編んだ。

なお、この時期には歴史や文化人類学的な著書も次々と出版され、ネイティヴ・アメリカン・ルネッサンスを内側から支えた。なかでも特筆すべき著書は、ヴァイン・デローリア・ジュニア Vine Deloria, Jr. による『カスターは自らの罪のせいで死んだ』（*Custer Died for Your Sins*, 1969）や、ピーター・ファーブ Peter Farb の『人間の進歩と文明』（*Man's Rise to Civilization*, 1968）、そしてディー・ブラウン Dee Brown の『ウーンデッド・ニーに我が魂を埋めよ』（*Bury My Heart at Wounded Knee*, 1970）などである。

さて、この章では現在活躍中の四人のアメリカ先住民作家を取り上げている。N・スコット・ママデーを含む、ジェラルド・ヴィゼノア、ジェームズ・ウェルチ、そしてレスリー・マーモン・シルコー Leslie Marmon Silko である。ネイティヴ・アメリカン・ルネッサンス以降、実際には数多くの先住民作家が輩出されている。しかし、これらの四人の作家は、いずれもパイオニア的存在であり、多方面にわたって影響力が強く、一般に「四大アメリカ先住民作家」と呼ばれている。

文学におけるネイティヴ・アメリカン・ルネッサンスのリーダー的存在のママデーは言うに及ばず、ヴィゼノアはトリックスターを扱う小説だけでなく、評論においても、強烈なポストモダン的手法を用いている。ウェルチは、濃密な小説を次々と書いているが、それらの作品の中でアイデンティティーの危機に陥っている、すべての先住民に尊厳を回復させようとしている。そして日本でも早くから小説が翻訳され、注目を浴びたシルコーは神話的世界を描き、いまも多くの作家や読者に敬愛の念をもって受け入れられている。最近は詩は書いていないが、彼女の詩は多くの人を引きつけて止まない。

2　N・スコット・ママデー

N・スコット・ママデー（一九三四―）は、一九三四年二月二十七日にオクラホマ州のロウトンで生まれた。母親ナターチ・スコット・ママデーは、フランス人とチェロキー族の血が混じっていた。父親アルフレッド・ママデーは純血のカイオワ族であった。ママデーという名字は、もともと祖父につけられた名前マムダティ Mammedaty（上を歩く）が変化したものであり、一九三二年にアルフレッドが正式にママデーと変えた。評論家スーザン・スカーベリー－ガルシア Susan Scarberry-Garcia によれば、ママデーが生まれた年の八月、部族の長老より、かつてカイオワ族が移住のために通ったワイオミング州のツオアイ（デヴィルズ・タワー）と呼ばれる平原インディアンの聖地とママデーの魂が結びつくように、ママデーはカイオワ族名ツオアイ・タリー Tsoai-talee（Rock-tree Boy）と命名された。[5] そしてこのカイオワ名ツオアイ・タリーこそ、ママデーのアイデンティティーの根幹となった。それは詩のタイトルとなっただけでなく、ママデーの物語にひんぱんに登場するカイオワ族の熊や子どもと深い関連を持つ。

一九三六年から四六年まで、ママデーは両親とともにアリゾナ州のシップロックやチンリ、トゥバ・シティーにあるナヴァホ族のリザヴェーションで暮らした。ここでの体験が、後の彼の作品にナヴァホ族の神話や文化などが取り入れられる理由のひとつとなったようだ。一九四六年、ママデーが十二歳のとき、両親が小学校の教員となるために、一家はニューメキシコ州のヘメス・プエブロのリザヴェーションへと居を移した。サンタフェやアルバカーキ、またバーナリヨにある中学校と高校で教育を受けたが、一九五一年にはヴァージニア州のミリタリー・アカデミーの高校へと転校した。

ママデーは高校を卒業するとニューメキシコ州に戻り、ニューメキシコ大学で政治学を学んだ。卒業後、一九五八年から一年間ニューメキシコ州のドルスにあるヒカリア・アパッチ・リザヴェーションにある学校で教えた。文学を学びたいという願望がつのり、カリフォルニア州のスタンフォード大学の英文科に進学し、一九六三年には詩人イーヴァ・ウィンターズの指導を受けて博士号を取得した。一九六四年には、カリフォルニア大学サンタバーバラ校の英文科で教えはじめた。一九六五年、博士論文を元に『フレデリック・ゴッダード・タッカーマン詩篇』(*The Collected Poems of Frederick Goddard Tuckerman*)を編んだ。一九六九年からカリフォルニア州バークレー校で、また一九七二年からはスタンフォード大学で教えはじめた。彼はソビエト連邦やドイツの大学でも教壇に立ったこともある。一九八一年から、アリゾナ大学の理事教授である。

ママデーは、カリフォルニア大学サンタバーバラ校で教えていたときに小説『夜明けの家』を書きはじめた。「夜明けの家」とは地球のことであり、それはナヴァホ族の癒しの儀式に歌われる「夜の歌」に由来している。[6] 一九六八年に『夜明けの家』は出版され、翌一九六九年にピューリッツァー賞を受賞した。これをもって、文学におけるネイティヴ・アメリカン・ルネッサンスがはじまった。

さて、『夜明けの家』はニューメキシコ州のアルバカーキの北西に位置するワラトワ（ヘメス・プエブロのインディアン名）のヘメス・プエブロ族の若い男エイベルを中心に展開する。ヘメス・プエブロ族の伝統的なストーリーテラーが発する「ダイポラー」[7]という呪文と、「夜の歌」の儀式を示唆する「夜明けの家」という言葉とともに、小説は先住民の口承の伝統から、現代の先住民文学へと突然シフトする。すなわち、ストーリーテラーに代わって、ここでは作家ママデーが言葉を綴り、ひとつの神話的な時間と空間の世界を織り上げてゆく。ちなみに、物語の最後には、同様に癒しの儀式である「夜の歌」からの言葉と、ストーリーテラーが物語を語り終える呪文「ケツダバ」が置かれ、直線的な時空の流れではなく、円環の構造が強調されている。ヘメス・プエブロ族とナヴァホ族の言語と癒しの伝統こそ、世界を孕み、エイブルを険しい自己探求へと誘うだけでなく、彼を癒すものでもある。

一九四五年七月二十日、第二次世界大戦に出兵していたエイベルはワラトワに戻ってくる。七月二十日とは、歴史上、かつてヘメス・プエブロ族とナヴァホ族が崩壊の危機に直面した日である。具体的には、一六九四年七月二十日に、ディエゴ・デ・ヴァルガスがヘメス・プエブロを討伐した。また、一八六三年七月二十日には、ナヴァホ族がディファイアンス砦にて降伏することを命じられた。(8) 現代文明にさらされてきたエイベルは、自らのヘメス・プエブロ族の伝統文化を受け入れられず、自分を見失ってしまう。支配的な白人世界と接触したことにより、彼は唯一の身内である祖父フランシスコをはじめとして、部族の人びとや土地にたいして深い絆を持つことができず、実際に口がきけなくなってしまう。エイベルは邪悪でうす気味悪い蛇にしか見えない白子のプエブロ族の男を殺してしまい、ロサンゼルスの刑務所に送られてしまう。出所後も、カイオワ族のペヨーテを使うトリックスター、すなわち呪術師トサマーにそそのかされ、あげくのはて邪悪な警察官マルティネスにあやうく殺されそうになる。

エイベルは、ロサンゼルスの病院に担ぎ込まれる。ロサンゼルスにて、エイベルをつねに見守ってきたナヴァホ族の友人ベンは、エイベルを精神的な死の淵から助け出そうとする。ベンは、エイベルがかつて関係を持った白人女性アンジェラに連絡を取る。二日後にアンジェラが現れる。彼はエイベルに熊の話をして、彼を癒してくれる。マルティネスに殴り殺されそうになったときに、朦朧とした意識の中、エイベルはすでに一度癒しの儀式を示唆する夜明けに走っているヴィジョンを見ていた。エイベルがヘメス・プエブロへ帰る前夜、ベンは「夜明けの家」の歌を歌ってくれる。これは調和や全体性の回復を願う祈りである。四は聖なる数字であるが、儀式的な行為が四回行なわれてはじめて円環となり、調和やバランスを取り戻す。

戦争から帰還して約七年後、物語の最後で、エイベルは再びヘメス・プエブロに帰る。彼は、死を迎えている祖父フランシスコを看取っている。毎日、夜明けにフランシスコはエイベルに語りかけては自らの経験を伝えようとする。七日目の夜明け前に、エイベルはフランシスコの死に気づく。エイベルは葬式のためにフランシスコの身じたくをすませる。牧師に彼の死を伝えると、そのまま夜明けに走っている者たちの後を追う。実際にヘメス・プエブロでは、季節ごとに走る儀式がある。冬には狩りで獲物が得られるように、悪霊を走って追い払う。次の引用は、エイベルが祖父に代わってひとりで走っているところである。彼ははじめて無心で雪をかぶった渓谷や山々を見ている。それだけでなく、夜明けの雨の中、自然や宇宙と一体となって癒しの歌を口ずさむ。

彼はひとりで走りつづけていた。彼の全存在を、走りつづけるというひとつの純然たる運動に集中していた。苦痛を通りすぎていた。純粋な疲労が心を占め、彼は無心でついに見ることができた。渓谷と山々と空が見えた。雨と川と、その後ろに広がる一面の大地が見えた。

夜明けの黒い丘が見えた。彼は走っていた。口のなかで歌を歌いはじめた。音もなく、声も出なかった。歌詞だけだった。それから彼は走りながら声を出して歌った。「花粉の家。夜明けの家。」「ケツダバ。」(Momaday *House Made of Dawn* 212)

ママデーは『夜明けの家』の中に、アメリカ先住民の文化や歴史だけでなく、先住民自身のものの捉え方を提示している。先住民の口承の伝統そのものである部族の神話や、さまざまな物語が小説のいたるところにちりばめてあり、それらは複雑で重層的な声とともに、小説を非常に入り組んだ美しい織物にしている。人や土地にたいする癒しが一貫して示されているが、スカーベリー - ガルシアによれば、これこそアメリカ南西部の先住民の口承の伝統である。(9) そして特筆すべきことは、ママデーこそ先住民の神話から小説の題材を取ってきた最初のアメリカ先住民作家である。この点において、ママデーはレスリー・マーモン・シルコーやルイーズ・アードリック Louise Erdrich などの次の世代の作家だけでなく、ジェームズ・ウェルチやポーラ・ガン・アレンなど彼とほぼ同世代の作家にも大きな影響を与えた。また、先住民文化と欧米白人文化の狭間で悩む主人公を描いているという点でも、同様に数多くの現代のアメリカ先住民作家に大きな影響を与えた。

ちなみに、二つの文化の狭間でのアイデンティティー闘争は、すでにモーニング・ダヴやダーシィー・ミックニクルなどがテーマとしており、ママデー自身も彼らの後継者と言えよう。しかしながら興味深いことには、ママデー自身は『夜明けの家』の出版前には、ミックニクルなど自分より前の先住民作家の作品は読んでおらず、彼らの影響は受けていないと述べている。[10]

ママデーは『夜明けの家』が出版される前年の一九六七年に、私家版で『タイ・ミーの旅』（*The Journey of Tai-me*）を百部だけ出版した。これが後に、自伝的著書『レイニィー・マウンテンへの道』（*The Way to Rainy Mountain*, 1969）となった。この本には、カイオワ族の歴史や口承の神話、また土地や人びとにたいするママデーの思いが自伝とともに編み込まれている。ママデーの先祖への旅の物語は、人間と自然界、あるいはカイオワ族と、蝶やバッタなどの昆虫、そして熊やバッファローなどの動物との係わり合いの物語でもある。聖なるサン・ダンス・ドール（タイ・ミー）は、カイオワ族にとって最も重要な力の源であるが、その一部が鹿で、一部が鳥の体は、地球と空や宇宙との結合でもある。[11]

一九七〇年、ママデーは彼の最も知られているエッセイ「言語でできた人」（"The Man Made of Words"）を発表した。一九七四年には、詩集『雁の角度』（*Angle of Geese and Other Poems*）を出版した。また一九七六年には、詩集『ひょうたんダンサー』（*The Gourd Dancer*）と、自伝的著書『名前』(*The Names: A Memoir*) を出版した。『名前』には、自分の名前が引きずっている自らの家系や、部族の伝統などが語られている。ちなみに、シルコーの『ストーリーテラー』(*Storyteller*, 1981) は、ママデーの『レイニィー・マウンテンへの道』と『名前』を合わせたような構成である。

一九八九年、ママデーは自伝の要素が強い小説『むかしの子ども』(*The Ancient Child*) を出版した。これは、カイオワ族の熊になってしまった少年の神話を基にした、アイデンティティー探求の物語である。カイオワ族と白人の血が流れているロック・セットマンは、サンフランシスコに住む芸術家である。仕事は順調であるが、彼の心はつねに不安定である。小さいときに両親を亡くし、彼はカイオワ族の伝統についてほとんど何も知らない。しかし、祖母の危篤の知らせを聞いて、彼はオクラホマ州にある故郷にかけつける。そしてそこで改めて、カイオワ族の土地や人びとに何ら絆を見つけることができず、根なし草同然の自分自身に気づく。

カイオワ族とナヴァホ族の混血の若いメディスン・ウーマン、グレイの助けで、ロックははじめて自分の先祖たちとの絆を感じる。なお、平原インディアンにとっては熊やバッファロー、鷲などの生き物は畏怖と尊敬の対象であり、それらの動物には人間の力を越えた偉大な力があると信じられている。また、そうした力は人間に乗り移り、守り神になると考えられている。

ロックは次第に自らの内に秘めたベア・パワーにも気づく。それだけでなく、彼は父親がかつて話してくれた熊になってしまった少年の物語を思い出す。ロックは、狂暴にもなりうるが、自然界における癒しのエネルギーそのものであるベア・パワーを次第に理解し、かつ自分のものにしてゆく。それと同時に彼自身も癒されてゆくのである。物語の最後では、ロックはデヴィルズ・タワーに旅するが、ツオアイ（ロック・ツリー）で探し求めていた熊のヴィジョンを見る。ついにロックは熊としてのアイデンティティーを確立し、彼自身もカイオワ族の先祖たちの神話に加わってゆく。

なお、ママデーは画家でもあり、子どもたちのための絵本『不思議な環――アメリカ先住民のクリスマスの物語』（*Circle of Wonder: A Native American Christmas Story*, 1994）や、詩画集『熊の家で』（*In the Bear's Home*, 1999）なども出版している。

3　ジェラルド・ヴィゼノア

ジェラルド・ヴィゼノア（一九三四―　）は、現代アメリカ先住民作家の中において、もっとも意欲的な作家のひとりである。彼は一九三四年十月二十二日にミネソタ州ミネアポリスで生まれた。母親ラヴァンヌ・ピータースンはヨーロッパ移民の血を引いている。父親クレメント・ヴィゼノアは、フランス人の血が混じったアニシナーベ族である。クレメントはもともとミネソタ州北西部にあるホワイト・アース・リザヴェーションに住んでいたが、強制移住のために家族とともにミネアポリスに居を移した。また、祖母アリス・ボーリオは、ホワイト・アース・リザヴェーションの鶴を家紋（トーテム）とする家に生まれたが、ヴィゼノアはエッセイの中で、祖母と父親を鶴のリーダーとして語っている。

父親は、二十六歳のときに黒人と思われる者によって暗殺された。しかし、当時はインディアンの殺人事件に関する警察の捜査はほとんど行なわれず、事件は闇に葬られてしまった。ヴィゼノアは祖母や叔父、叔母など大家族で一軒の家に住んでいたが、事件後、母親は彼を幾人かの里親に預けてしまった。以来、母親とはつねに気まずい関係であった。母親の再婚後、ヴィゼノアは義理の父親を好きになったが、母親は義理の父親を見捨ててしまった。その直後、彼は仕事上の事故で亡くなってしまった。苛酷な現実から逃避するため、ヴィゼノアは小学三年生の頃から、トリックスターの友達エルダップス・マックチャーブスの世界を自ら創り出した。ちなみに、ホワイト・アース・リザヴェーションの神話にも「こっけいで、自然世界の一部で、喜劇の精神のバランス」（Vizenor *Native American Literature* 69）を取るナナブズューがいるが、この時々悪だくみをして、かえって自らの墓穴を掘ることもあるトリックスターこそ、後にヴィゼノアの小説に欠かせない主人公となった。

ヴィゼノアは十五歳のとき年を偽って週末だけ州兵となり、後にアメリカ軍に入隊した。[12] 十八歳のときに来日し、軍人として約二年半北海道や東北に滞在していた。その間に俳句と出会い、自ら俳句を作りはじめた。俳句が扱う自然と、アニシナーベ族の伝統的な夢の歌などに共通点を見いだしたようだ。以来、ヴィゼノアは『蝶の二枚の羽』(*Two Wings of the Butterfly: Haiku Poems in English*, 1962) や、『マツシマ』(*Matsushima: Pine Islands*, 1984)、『鶴が舞い上がる』(*Crains Arise*, 1999) など、数多くの英語による句集を出版している。

軍隊を退役後、ヴィゼノアはニューヨーク大学やミネソタ大学で学んだ。その後、ミネソタ大学の大学院に進学した。ハーヴァード大学の大学院で学んだこともある。続いて、『ミネアポリス・トリビューン』紙の記者などとして働いた。以後、オクラホマ大学やカリフォルニア大学サンタバーバラ校などで教壇に立ち、現在はカリフォルニア大学バークレー校の教授である。中国の天津大学や、日本の東北大学にもいたことがある。

ヴィゼノアが描く小説の中では、先住民と欧米白人の二つの文化を抱える混血の問題は、これまでのアメリカ先住民作家と違って肯定的に捉えられている。アイデンティティー闘争は存在せず、その代わりに混血は、社会のさまざまな矛盾や硬直した既存の価値観にたいし、また決まりきった言語の定義やイメージにたいし、調和や、さらにはすべてのものはつねに変化して、同じ状態や意味にとどまらないという認識、などをもたらすものとしておおいに祝福されている。同様に、トリックスターも、これまでの大半のアメリカ先住民作家による小説や詩などにおいて見られた、単なる道化や被害者的存在ではなく、どうどうと物語の主人公となり、複数の世界や価値観などをとりなす仲介者となっている。こういった点において、ヴィゼノアはアメリカ先住民文学の中で先駆的な作家である。

ちなみに、ポーラ・ガン・アレン編による『アメリカ・インディアン文学研究』（*Studies in American Indian Literature*）によれば、口承も含めたアメリカ先住民文学においては、トリックスターは三つのタイプに分かれる。まず英雄的トリックスター。トリックスターはしばしば怪物をやっつける者、あるいは何も恐れない者、秩序をもたらす者、すなわち行動的なヒーローとして描かれる。次に、ずる賢いトリックスター。しばしば人間や動物の姿で表れる。ギャンブルやゲーム、結婚や性的関係などで、敵の裏をかいて、力を得ようとする。最後に、度を過ぎた行動をとるトリックスター。たいてい自分の能力を越えた行動をとる人間や動物として描かれる。それゆえ、自らの墓穴を掘り、恥をかいたり怪我をしたりする。[13]

ヴィゼノアは、一九七八年に出版した短篇集『ワードアローズ』（*Wordarrows*）と、一九七九年に出版した小説『セント・ルイス・ベアハートの闇』（*Darkness in Saint Louis Bearheart*, 一九九〇年に『ベアハート』（*Bearheart*）として再版された）により、作家としての名声を得た。『ワードアローズ』において、ヴィゼノアは混血の先住民を主人公にした。いずれの作品も、インディアンやインディアンが抱える問題を、こっけいなまでに鋭く描いたものである。たとえば、どぎつい笑いをさそう登場人物のひとりが、短篇小説「母なる大地の男と天国のハエ」（"Mother Earth Man and Paradise Flies"）に描かれる都会に住む混血、マッチ・マクワである。シャーマンであるマクワは助成金や奨学金で暮らしている。会議から会議へと渡り歩き、理想的で、ロマンチックな白人の女性を捜し求めている。そして幸運にも自分を理解してくれた白人女性には、そのお礼にしらみをあげる。マクワは身辺に蠅が飛び回るほど悪臭を放ち、友達は誰ひとり彼と一緒に座ろうとしない。マクワは実に生き生きと描かれ、白人によって作られたステレオタイプのインディアンのイメージに囚われてしまったわたしたちだけでなく、インディアン自身をも解放する。

『セント・ルイス・ベアハートの闇』は、ヴィゼノアのトリックスターが中心となる最初の小説である。語り手の混血のシャーマン、セント・ルイス・ベアハートは、インディアン局（ＢＩ

A）に勤めている下っぱの役人である。ベアハートのトーテムは熊であり、まさに熊のように機嫌が悪い。白人によって作られたステレオタイプのインディアンのイメージにすっかり染まったアメリカ・インディアン運動の活動家や、抑圧的なアメリカ文化にたいし喧嘩をしかけるが、トリックスターである彼にとっては、笑いこそ偽善や欺瞞や既存の価値観にたいする武器である。

ベアハートは小説『シダーフェアー・サーカス――文化世界大戦からの深刻なレポート』を書いた。それは、もしアメリカのガスが枯渇したらどうなるだろうか、という物語である。政府はインディアンのリザヴェーションに目をつけて、燃料としてインディアンの木々を切り倒してしまうだろう。ミネソタ州のレッド・シダー・リザヴェーションに住む混血のアニシナーベ族のシャーマンであるトリックスター、プラウド・シダーフェアーは、腐敗した部族の役人によってリザヴェーションの森林が破壊されそうになったとき、妻のロジーナやほかの連中とともにリザヴェーションを後にする。

巡礼は、来たるべく理想郷の第四世界へとつながっていると思われる、プエブロ・ボニートがある西部へと向かう。次第に彼らの西部開拓のような旅は、『カンタベリー物語』のようになってゆく。たとえば、ベニート・セイント・プルメロ、別名ビッグフットは、混血の道化であるが、彼は大きな足だけでなく、巨大なペニスを自慢にしている。さまざまな人物が登場するが、プラウドはリーダーの務めをはたすのに熱心なあまり、妻をほうっておく。すると、ビッグフットがロジーナの相手となるが、彼は彼女とセックスしている間に殺されてしまう。次々と話は展開していくが、ベアハートの小説は、ロジーナを後に残したまま、熊になったプラウドたちが魔法で飛びながら第四世界に到達するところで終わっている。

一九八七年に、ヴィゼノアは全米図書賞を受賞した小説『グリーヴァー――中国のアメリカン・モンキー・キング』(*Griever: An American Monkey King in China*) を出版した。これは中国のトリックスターである孫悟空がモデルとなった物語であるが、ちなみに一九八三年、ヴィゼノアは中国の天津大学に交換教員として滞在した。

ヴィゼノアは、物語を混血の先住民と同情心の厚いトリックスターに捧げている。ヴィゼノアのほかの小説と同じように、ヴィゼノアはある特定の意味や定義や価値観を登場人物の行動や物語の筋に押しつけることを拒否しているようだ。既存の価値観やイメージや定義などを脱構築して、想像力を解放することによって自らを解放するのである。それだけでなく、自分自身の言語で自らを定義したいという欲求がある。さらには、言語生成にまで肉薄してゆく。一九九九年十一月二日にバークレーにてヴィゼノア氏に直接インタヴューした折りに、「単に既存の価値観や言語の意味を脱構築するだけでなく、言語生成の磁場まで降りようとしているのか」というわたしの質問に、「そうです」とヴィゼノア自身答えたが、[14] 彼の手法はいわゆる「言語詩」のそれに似ているのかもしれない。いずれにしても、わたしたち読者は最初から最後まで、ナンセンスと不条理に満ちた活劇を観ているような気分を味わう。

グリーヴァー・デ・ホカスは、ミネソタ州ホワイト・アース・リザヴェーション出身の混血のアニシナーベ族のトリックスターである。ほかのヴィゼノアの小説の主人公と同様に、彼は自分の混血としてのアイデンティティーを嘆き悲しまない。否、むしろ楽しんでいる。グリーヴァーは天津の周恩来大学で英語を教えている。彼は、自分をナナブズューだけでなく、孫悟空の生まれ変わり、すなわちホワイト・アース・モンキー・キングと考えている。孫悟空は西方の天竺へ、三蔵法師に従って猪八戒と沙悟浄らとともに教典を取りに行くが、グリーヴァーは身分証明のために写真を撮るときに、京劇で見たような孫悟空のメークアップをする。彼はナナブズューや孫悟空のように、想像上ではあるが、姿を変えて女性になったりもする。

トリックスターは、権力にたいしては生まれながらの反逆者である。彼は革命の合法性とその内容に懐疑的である。そこで中国の人びとと動物を解放するために、さまざまな悪だくみを試みる。たとえば残酷な肉屋に殺されないように、市場の鶏を買い取って逃がそうとする。次は、中国語が分からないグリーヴァーが、市場に居合わせたジャックに、鶏を自由にさせてくれ、と中国語に訳すようにと頼んでいるところである。

「彼女はだれだい。」

「シュガー・ディー、それにわたしはジャックよ。」

「ジャック、君は自由を訳せるかい。」彼は父親のような調子で言った。金髪の女のほうは見なかった。黒山のような人だかりを見た。

「自由を?」

「そうだ、自由だ。ひとことで訳すんだ。」

「その概念?」

「いいや、その言葉だ」、彼は言った。「ぼくたちが概念だからね。」

「おや、まあ、でもあんたは鶏を買おうとしているんじゃないの?」二人目の女が言った。彼女は胸に巨大なオレンジ色のポピーがプリントされた、薄手の洋服を着ていた。シュガー・ディーと金髪の女は台の両端に立っていた。二人は産業経営コンサルタントだった。資本主義の未来について、ある特別の協会で講演するために招待されていたのだ。

「これは自由であり、食べ物ではないんだ。」彼は大声で言った。それから気どって下に降りると、血だらけの台に自分の雄鶏を置いた。「これが現実だ。これが自由だ。そこいらのごりっぱなレシピではないんだ。」

「鶏を自由にするって、あんた真面目に言ってるの？」

「真面目かって？」彼は彼女の声の調子をあざ笑った。彼は依然として人だかりに向かって話しかけていた。雄鶏を親指でぎゅっと押さえつけていたので、彼は台にしゃがみこんだままだった。「ほら、ジャック、ここにお金がある。本物のお金だ。さあ、どうせ同じ値段を払うなら、どっちが気が狂っているか教えてくれ。これらの鶏を自由にするか、それともたらいの中で鶏を血だらけにするかだ。」（Vizenor *Griever* 43-44）

物語の後半で、グリーヴァーはもっと大胆不敵な行動をとる。彼はトラックに乗せられて処刑場に輸送される囚人たちを、トラックごと別の場所へ連れて行って解放しようとするのだ。しかし、何人かの囚人はトラックから動こうとしない。またほかの囚人も、逃げようとしたときに撃ち殺されてしまう。

さらには、トリックスターとして、グリーヴァーはしばしば自らの欲望を満たそうとする。特に性欲旺盛であり、物語の最後では、自らの墓穴を掘り、グリーヴァーのこれまでのヒロイックな行動はみじめな結果に終わる。グリーヴァーは大きな代償を払わなければならない。愛するヘスターは、彼の子どもを妊娠しているという理由で、怒った彼女の父親の手から逃げようとして池で溺れ死んでしまうのだ。グリーヴァーは、最後には超軽量飛行機でペットの雄鶏と金髪の中国女性を連れて、マカオへ逃げてゆくはめになる。

ヴィゼノアは『グリーヴァー——中国のアメリカン・モンキー・キング』を出版後も意欲的に執筆を続け、小説『自由のトリックスター』(*The Trickster of Liberty*, 1988)や小説『コロンブスの相続人』(*The Heirs of Columbus*, 1991)などを出版した。また、戯曲『オレンジ郡のハロルド』(*Harold of Orange*, 1982)は一九八三年に映画化された。戯曲『イシと木製のアヒル』(*Ishi and the Wood Ducks*)は、本人によれば一九九三年に書かれた。二〇〇三年には、広島についての小説『ヒロシマ・ブキ—アトム57』(*Hiroshima Bugi:Atom 57*)を出版した。

4　ジェームズ・ウェルチ

ジェームズ・ウェルチ(一九四〇—　)は、一九四〇年十一月十八日にモンタナ州の北西部に位置する、ブラックフット・リザヴェーションの中心地であるブラウニングで生まれた。彼は、ブラックフット族の父親の生まれ故郷であるブラックフット・リザヴェーションと、グロー・ヴァン族の母親の生まれ故郷である、モンタナ州の北東にあるフォート・ベルナップ・リザヴェーションにある学校へ通った。一九五八年、ウェルチはミネアポリスのウォッシュバーン高校を卒業した。ミネソタ大学とノーザン・モンタナ州立大学で学び、一時消防士などさまざまな職についていたが、最終的には一九六五年にモンタナ大学を卒業した。その後モンタナ大学の大学院にて、詩人リチャード・ヒューゴーなどの指導を受けて創作を学んだが、二年後作家になるために退学した。ウェルチは、ワシントン大学とコーネル大学にて創作と文学を教えたこともある。また十年間、モンタナ州刑務所体制の仮釈放委員会のメンバーであった。同様に、長い間アメリカ先住民の歴史関係の資料を集めた、ニューベリー図書館のダーシィー・ミックニクル・センターの委員でもあった。

ウェルチはモンタナ大学在学中に、作家としての道を真剣に考えはじめた。一九六〇年代後半から詩作をしていたが、一九七一年には詩集『アースボーイ40に乗る』(*Riding the Earthboy 40*)を出版した。詩は、ハイウェイ2沿いにある小さな町での体験から生まれた。ウェルチの父親は、ハイウェイ2が通り抜ける片田舎で、アースボーイの一家から四十エーカーの土地を借りて牧場を経営していた。キャスリン・S・ヴァンゲン Kathryn S. Vangen によれば、詩は強制移住によって、寒くて不毛な土地で暮らすことを強いられてきた先住民の生活と心の状況を炙りだしにする。[15] アメリカ合衆国農務省の農産物で暮らし、バーで酒を飲み、野生の動物がほとんどいなくなってしまった土地で狩猟をしながら、良き昔をなつかしんでいる将来の見通しも立たない先住民の現状が、内側から鋭く描かれているのだ。絶望や怒り、苦々しさ、ほんの少しの望み、さらには新たな絶望と哀しみなどが詩集全体を覆っている。たとえば詩篇「ワシントンからの男」("The Man from Washington") には、ブラックフット族を歴史的に貶めてきた、土地の略奪などを含む一連の条約をもたらした、連邦政府からの男への怒りと憎しみが描かれている。

最後はほとんどの者にとってあっけなかった。
遠くの平べったい世界の片すみで暮らすために
手当たりしだいのものを詰めこんだ、
体を暖めるための
薪やバッファローの革でできた膝掛くらいしか
おれたちは期待しなかった。

その男がやってきた、
涙目をした腰の曲がった小びとだった、
それからおれたちに言いやがった。
やつは約束した、
暮らしはこれまで通りだ、
条約は締結される、それからどいつもこいつも――
男も女も子どもも――予防接種をする
おれたちにはまったく関係のない世界に備えてだ、
金と契約と病原菌に備えてだ。

(Welch *Riding the EarthBoy 40* 35)

一九七四年に、ウェルチは一九七一年から書きはじめた小説『冬の血』(*Winter in the Blood*)を出版し、作家としての地位を確立した。『冬の血』の語り手は三十二歳の「わたし」であるが、最後まで彼の名前は分からない。なおインディアン文化においては、名前を与えられることは自らの存在自体が認められ、承認されたことを示す。名がないことは、まさに最悪の状態なのである。

十四歳の兄モーゼの事故死と父ファースト・レイズの凍死以来、語り手の心は凍りついたままである。彼は家族を含めた部族の誰とも関係を築くことができないだけでなく、ブラックフット族としてのアイデンティティーに混乱をきたし、ただひたすら途方に暮れている。チョクトー族とチェロキー族とアイルランド人の血が流れている作家であり、評論家でもあるルイス・オーウェンズ Louis Owens は、精神的な成長すらストップしたままの語り手について次のように述べている。「名もない語り手の時間は止まったままであり、冬眠中である。しかし彼は苦しみ、ためらいながらも、おぼろげな自己認識と、過去と現在と未来のかすかな統合へと向かう。彼が動き回る風景は荒涼としている。モンタナの荒地には、ブラックフット族とグロー・ヴァン族の痛々しい強制移住の歴史がじかに根を下ろしている。(中略)このカラカラに乾燥した風景は、語り手の内面の不毛を象徴している。」(Owens *Other Destinies* 128)

ちなみに、土地割当政策により一九〇七年には、ブラックフット・リザヴェーションの三百二十エーカーの土地は個人単位に振り分けられ、おおかたが牛牧場となった。また小説に出てくる「アースボーイ」とは、ブラックフット族社会から消えてしまった伝説のインディアンの男たちを指す。ウェルチは、これらのインディアンたちはかつて存在し、大地により近い存在であったと言っている。「しかしアースボーイたちは消えうせた。」（Welch *Winter in the Blood* 1）唯一の生存者は外部の男と結婚した娘たちであり、彼女たちはいたるところにちらばっている。つまり、小説で描かれるほとんどの男たちは、白人によってかつてのブラックフット族の責任ある男たちの役割を失墜させられた無力な存在である。そして女たちはそのような絶望的な男たちを見捨て、苛酷な状況を耐えぬいてきた生き残りである。

小説の最初と最後は、墓の描写である。ちょうどアースボーイや祖母が土に埋もれてしまったように、ブラックフット族の人びとや文化も、白人文化とその支配によって埋没させられた。語り手の母親、テリーサはなんとか息子を自立させようとするが、うまくいかない。語り手には恋人らしき女性もいるが、彼女とすら関係を深めることができない。何にたいしても親近感が持てず、つねに孤立している。

しかしながら、語り手は自らの神経症的な混沌とした内面の中心に突入することによって、はじめて癒しや秩序へと向かうことができる。自らの過去にひとつひとつ直面し、それらと折り合うことによって、彼は現状を受け入れるだけでなく未来をも描くことができる。具体的には、強制移住させられても、白人にたいして空回りの抵抗をするしかなかった父ファースト・レイズへの愛や、兄を死に至らしめた事柄などを思い出すことによって、語り手ははじめて生まれ変わることができるのだ。

語り手が直接自らのブラックフット族の血に目覚めるきっかけとなるのが、生前父がしばしば会いに連れて行った、大地や動物に精通している盲目の老人イエロー・カーフである。イエロー・カーフは語り手に、祖母がかつてブラックフット族を追われた飢えた時代について語ってくれる。イエロー・カーフの語るさまざまな話を織り合わせた語り手は、突然、老人が自分の本当の祖父であることに気づく。それまで語り手は、自分の祖父は白人の血が混じった流れ者だと信じていた。語り手は狩人のイエロー・カーフの孫であり、ブラックフット族の伝統とまぎれもなく深く結びついている自らの存在を認識する。

イエロー・カーフのところから牧場に戻った語り手は、泥にはまって身動きできない牛を発見する。彼は、その牛と兄を死に追いやった牛を結びつける。牛を救い出すか、あるいは助けずにそのまま見過ごすか悩む。牛を救出することは、兄を殺した牛を許すことになる。次の引用は、語り手が懸命に牛を泥水から引きずり出そうとしているところである。この時、語り手ははじめて自らの将来について考える。彼は冬眠から覚めて、自らの意志で人生を切り開こうとするのだ。

力をこめると腕がひりひりしはじめた。指を動かしてみた。指は動いた。首が痛かった。

しかし力が戻ってきた。僕はしゃがんで、少し自分の新たな人生について考えてみた。ついに僕は地面から腰をあげ、片足で立ちあがることができた。もう片方の足に体重をかけてみた。骨はくさびを打ちこまれて、裂けたように感じた。でも痛くなかった。僕はびっこをひいてバードのところまで行った。彼は頭をあげて激しくうなずいた。僕が彼の肩に触れると、さらに後ずさりした。

「おい、ろくでなしの老いぼれ」、僕は言った。「せっかくの決意をだいなしにするつもりなのか。」（Welch *Winter in the Blood* 169-170）

小説の最後では、母親や義理の父親とともに祖母を埋葬している語り手が描かれている。語り手は、すでに孤立した状態から抜け出して、ひとりの自立した人間として自らの物語の語り手になろうとしている。恋人のアグネスについても、今度はその場で彼女に結婚の申し込みをしようと思う。

『冬の血』の中で、ウェルチは先住民の過去を掘り出し、それらの断片を張り合わせた。そしてそれによって、語り手はアイデンティティーを取り戻すことができた。

ウェルチは、一九七九年に出版した小説『ジム・ローニーの死』（*The Death of Jim Loney*）では、混血の問題を扱っている。モンタナ州の小さな町に住む三十五歳のジム・ローニーは、繊細で、頭の切れる混血の先住民である。彼は、欧米文化が押しつける過去の神話や伝説の中にしか存在しないインディアンのイメージや定義を信じるばかりである。白人の父親アイクは、二十五年前に彼と姉を見捨てた。グロー・ヴァン族の母親はジムが生まれるとすぐに家を出た。以来、彼女は酒に溺れたり、数多くの男と関係を持った末、発狂してしまったと言われているが、ジムは母親に一度も会ったことがない。

かつて、ジムはバスケットボール選手として有望な若者であった。しかしいまや彼は孤独であり、すべてに絶望している。酒を飲んで過去を忘却しようとしている。そんなジムの前にひんぱんに黒い鳥のヴィジョンが現れるが、彼にはその意味が理解できない。同様に、聖書からの言葉もつねに頭に浮かんでくるが、ジムには人間の限界を知ることも、魂の存在も信じられない。つまり、ジムはインディアンと白人の両方の文化にたいして違和感を抱くだけでなく、その両方から分断されている。心理的には、ジムは先住民でも白人でもなく、アイデンティティーを喪失した状態である。それでも時折、姉のように自らのちぎれた過去の断片を縫い合わせて未来を描こうとする。だが誰からの助けもなく、無力なまま絡み合った過去をむなしく見つめるばかりである。

ジムの高校時代の友人、マイロン・プリティ・ウィーゼルがジムを狩りに誘う。狩猟の最中、突然二人の前に熊が現れる。しかし、ジムはその存在を信じることができない。その後、ジムはあやまってマイロンを射殺してしまうが、友人を殺すことによってヴィジョンを信じることができるインディアンとしてのアイデンティティーをも徹底的に抹殺してしまったようだ。

次に、ジムはトレーラーに住んでいる父親アイクを訪れて、母親について尋ねる。二人はさまざまなことを話すが、結局ジムは自分が誰なのかを知ることはできない。マイロンを殺してしまったこと、またインディアンにとってかけがえのない渓谷であるザ・リトル・ロッキーズへと逃走するつもりである、と父親に告げる。ジムは死ぬつもりなのであるが、皮肉なことには、このときはじめて彼は自分の人生をコントロールしようとしている。ジムははじめて戦士となり、自分の死ぬ場所と時、さらには死に方をも決める。

小説の最後では、アイクの密告により、部族の警察官クェントン・ドーアが追っ手となって渓谷にやってくる。ジムの計算通り、ドーアは容赦なく彼に銃口を向ける。戦士の死を選ぶことによって、ジムは欧米人たちが押しつける悲劇のヒーローとしてのインディアンの姿を受け入れてしまったのだ。

一九八六年、ウェルチは全米図書賞を受賞した小説『フールズ・クロウ』(*Fools Crow*)を出版した。これは一九世紀後半のブラックフット族の世界を描いた歴史的な小説である。ウェルチは自らが創り上げた登場人物を巧妙に史実に挿入した。歴史に命を吹き込むことによって、ブラックフット族はもとより、アイデンティティーの危機に陥っているすべてのアメリカ先住民に、文化的回復と尊厳を与えようとしている。

前二冊の小説と同様に、『フールズ・クロウ』でもウェルチはブラックフット族の青年を扱っている。物語では、モンタナ州の北西部に住むブラックフット族は、三つの部族に分かれている。そのひとつであるピクニス族のローン・イーターズ・バンドの伝統的な価値観や文化に安住している、十八歳の純血のホワイト・マンズ・ドッグ（フールズ・クロウ）は、最初から最後まで自らのアイデンティティーを把握している。それだけでなく、彼はブラックフット族を脅かす白人文化にたいして当初から脅威を抱き、敵対する。ちなみに、ナピクワンズ（白人）は、小説の冒頭ではブラックフット族をまさに支配しはじめるところである。ルイス・オーウェンズによれば、ブラックフット族の人口の半分以上が死んだ一七八一年と、人口の三分の二が消滅した一八三七年の二回の壊滅的な天然痘からようやく部族が立ち直り、再び力を盛り返した一八六〇年代末から小説ははじまっている。[16]

主人公は二年程前にヴィジョンを追い求めたがうまく行かず、いまだに子ども時代に与えられた名前、ホワイト・マンズ・ドッグで呼ばれている。つまり、主人公は部族において責任ある大人としての名前を与えられておらず、自立した一人の人間として扱われていない。

ホワイト・マンズ・ドッグの大人としての自己を示す機会がやってきた。クロウ・フッツ・バンドから馬を盗む襲撃に加わるのである。アメリカ先住民にとっては、馬泥棒は自らの勇者としての存在を誇示し、かつ財産を殖やす絶好のゲームである。(17) 死んだふりをして、うまくクロウ・チーフを倒したホワイト・マンズ・ドッグは、フールズ・クロウという名を与えられる。なお小説の中で、フールズ・クロウは生まれたときに与えられた名を含む三つの名前を得たが、それらの名には彼の人間としての成長と、ブラックフット族の社会に責任ある一人の人間として受け入れられ、そこで地位を確立してゆく過程が明確に示唆されている。つまりフェザー・ウーマンなどの助けを得ながらさまざまな経験を積んで、フールズ・クロウは次第に戦士として、また癒す者、それからヴィジョンを見る者へと成長してゆくのである。

小説の第五章に描かれるブラックフット族を襲う病は、実際には一八六九年から七〇年にかけて流行した三回目の天然痘である。また、男たちが狩猟に出ている間に起こった、女や年寄り、子どもなどを殺害した連邦政府軍によるヘヴィー・ランナーズ・バンドの大虐殺は、一八七〇年一月二十三日のことだ。(18)

『フールズ・クロウ』は、春の訪れを祝うピクニス族のセレモニーで終わる。人びとは踊ったり、太鼓を叩きながら部落をねり歩く。フールズ・クロウと彼の妻のレッド・ペイント、そして二人の間の子ども、バタフライも眠りから覚めて行列を見ている。人びとは危険にさらされたが、アメリカ先住民としての尊厳は決して失うことがなかった。まだ白人文化に染まることもなく幸せである。そこでは、男も女もまだ先住民の伝統や文化を失わずに、先住民であることを自負している。彼らの頭上に恵みの雨が降りはじめる。

一九九〇年、ウェルチは小説『インディアンの弁護士』（*The Indian Lawyer*）を出版した。また一九九四年には、ドキュメンタリー映画製作者と共同執筆で歴史書『カスターを殺す――リトル・ビッグホーンの戦いと平原インディアンの運命』（*Killing Custer: The Battle of the Little Bighorn and the Fate of the Plains Indians*）を出版した。

5　レスリー・マーモン・シルコー

レスリー・マーモン・シルコー（一九四八―　）は、一九四八年三月一日にニューメキシコ州のアルバカーキで生まれた。彼女はラグーナ・プエブロ族とメキシコ人とアングロ・サクソンの血を引く。父親はリランド（リー）・ハワード・マーモン、そして母親はメアリー・ヴァジニア・レスリーである。

シルコーはラグーナ・プエブロ・リザヴェーションにて、曾祖母や伯父、伯母などを含む大家族の中で育った。五年生までインディアンの寄宿舎学校であるラグーナ・デー・スクールで学んだ。そこでは、彼女の二人の祖母や伯母たちが部族の物語を語るときに使った、ケレサン語を話すことを禁じられた。その後、彼女はアルバカーキにあるカソリック系の学校に通った。

シルコーは八歳頃には自分自身の馬を飼っていた。また、マーモン家の牧場で牛の群れの番をすることができた。十三歳頃にはすでに自分のライフルを持ち、家族と一緒に狩りに行ったという。ちなみに、伝統的にラグーナの女性の地位は高く、シルコーの伯母スージーはカーライル・インディアン・スクールとディキンスン・カレッジを卒業後、一九二〇年代にラグーナに戻り教員となった。

一九六四年、シルコーはニューメキシコ大学の英文科に入学した。六六年には最初の結婚をし、同年長男を生んだ。六九年にはニューメキシコ大学のロー・スクールにて法律を学びはじめたが、七一年には大学院の英文科に移った。しかしながら大学院にも幻滅し、退学してしまった。

また同年の七一年にはジョン・シルコーと二度目の結婚をし、翌年次男を生んだ。七三年から七六年までアラスカに住んでいた。その後ラグーナに戻ったが、七八年以降はアリゾナ州のトゥーソンに在住。ナヴァホ・コミュニティー・カレッジやアリゾナ大学で教壇に立ったことがある。なお、ラグーナ・プエブロ・リザヴェーションの近くにはナヴァホ族のリザヴェーションがあり、シルコーは作品の中でN・スコット・ママデーと同様に、数多くのナヴァホ族の登場人物を扱っている。

一九七四年、シルコーは詩集『ラグーナの女』（*Laguna Woman*）を出版した。詩集は七〇年代はじめに書かれた十八編の詩から成っているが、略歴に加えて彼女は、この本の核心は混血のインディアンというアイデンティティーの探求である、と自ら述べている。アイデンティティーの探求と境界のテーマは、以後シルコーの作品に一貫して描かれることになった。

一九七七年、シルコーは作家としての地位を確立した小説『セレモニー』（*Ceremony*）を出版した。『セレモニー』には、ラグーナ・プエブロ族と白人との混血青年テイヨの、アメリカ先住民としてのアイデンティティーの危機と癒し、さらには悲しんだり愛したりするという生きることの感動を含む全体性の回復が、ラグーナ・プエブロ族の神話と現実世界が交錯した世界を背景に描かれている。ちなみに、ラグーナ・プエブロ族の神話にはアコマやラグーナなど七つのケレス・プエブロにおいて最高の創造主であり、[19] かつ母なる大地を象徴する蜘蛛女チチナコ（思う女）が存在する。

小説は蜘蛛女の語りではじまっているが、作家シルコーこそ、口承の伝統に沿って物語を織り上げてゆく蜘蛛女の語りを再構築し、伝える者である。また、主人公テイヨが内包する先住民文化のダイナミズムと柔軟性、そして混血の先住民という多文化主義を含む混合性は、現代のアメリカ先住民のアイデンティティーの根幹を成す。それゆえに小説は、被害者意識だけ増大した、不毛で時代の変貌に適応できない現代の大多数の先住民の心はもちろんのこと、原爆が示唆するように瀕死の状態に陥っている西欧文化とその文明をも救い出すものとなっている。純血の先住民のエモなどによる、調和や癒しをさまたげる破壊的な妖術の儀式をしりぞけて、砂絵や部族の物語などが象徴する癒しの儀式を受け入れることが自らを取り巻く世界を認識する力となるが、テイヨは物語の最後では部族と和解する。ある意味においては、この小説は先住民対白人という従来の単純な二項対立的視点にたいする反論となっている。

テイヨは、第二次世界大戦中、フィリピンのジャングルで日本軍を相手にして戦ってきた退役軍人である。テイヨの母親ローラは純血のインディアンであったが、白人世界に魅惑された末にアル中になり、すでに亡くなっている。父親は白人であるが、誰も彼の身元は分からない。プエブロの母権文化にあっては、プエブロ族としてのアイデンティティーを得、かつ共同体の知識を得ることは、おおかた母親を通してである。[20] テイヨの存在を恥と考える伯母に精神的に拒否されたテイヨは、つねに漂流者のようである。

兵役以来、テイヨはインディアンとしてのアイデンティティーを受け入れることができず、現在は戦争後遺症で苦しんでいる。伯父のジョサイアや従兄のロッキーの死にたいして罪の意識を抱いており、いつも吐いたり泣いたりしている。テイヨは退役直後、一時ロサンゼルスの軍人病院の精神病棟にいた。しかし白人の医師にはテイヨの心の傷を治すことができなかった。厄介払いされたテイヨは、何処へ行くあてもなく、かつて母親のいない幼いテイヨをしかたなく育ててくれた伯母や祖母が住む、ラグーナ・プエブロのリザヴェーションに戻ってきたのである。

日照りが六年間もつづいているプエブロと同様に、テイヨの心にははてしなく不毛の世界が広がっている。テイヨが癒されるには、彼はまず自らの過去を見つめ、いまの自分に何が起こっているのかを理解しなければならない。しかしテイヨは、自分自身の物語を語ることが不可能であるだけでなく、白人社会に同化することも、プエブロの社会に属することもできない。

『セレモニー』には、プエブロの葦の女とトウモロコシの女の神話をはじめとして、さまざまな物語が挿入されている。特に、母なるトウモロコシの祭壇を西欧文化の影響のもとで敬うことを忘れてしまい、その結果われわれの母ノウチチの怒りをかって、日照りと不毛がもたらされた、という伝統的な神話が大きな位置を占めている。人びとはハチドリとハエの助けを得て、クコヨの妖術をかけられた町を清めるためのタバコを祭壇に供えて、母なるトウモロコシの機嫌をとったという。ルイス・オーウェンズが述べているように、小説においてハチドリとハエの役割を引き受けるのがテイヨである。[21] 小説では混血のテイヨが、純血のインディアンに代わって自らの部族の人びとを救う。そしてテイヨの探求を助けるのが、ナイト・スワン（夜の白鳥）と呼ばれる混血のメキシコ人と、蜘蛛女を思い起こさせるツエである。テイヨは彼女たちと寝るが、たとえばナイト・スワンが「インディアンだろうが、メキシコ人だろうが、白人だろうが、誰だって変化が怖いのよ。もし子どもたちが自分と同じ肌の色で、同じ目の色をしていたら、何も変わっていないと思うのね」（Silko *Ceremony* 100）と言うように、混血の力を通じてこそ、インディアンの世界に新たな生命力が注ぎ込まれるのだ。

ところで戦争後遺症から回復できないテイヨは、ナヴァホ族のメディスンマン、ベトニーに助けを求める。古いしきたりに固執する伝統的なメディスンマンと違い、メキシコ人の血が混じったベトニーは新たな儀式を執り行なう。彼は、変化したり発展しないものは死んだも同然と考えている。またベトニーはテイヨに、テイヨの病はもっと大きなものの一部であり、すべてを含む大きなものの中にだけ回復は望めると教える。次の引用は、インディアンの儀式は、白人の戦争や白人の爆弾、また白人の嘘にたいしてどんな意義があるのだろうか、というテイヨの質問にたいしてのベトニーの答えである。

ベトニー老人は首を横に振った。「それこそ妖術使いの罠じゃよ」、彼は言った。「やつらは何でもかんでも白人が悪いと信じ込ませようとするのじゃ。すると、わしらは実際に何が起こっとるのか見ようとしなくなるのじゃ。やつらはわしらを白人から離しておきたいのじゃ。わしらは無知で無能で、自滅するのをただ呆然として見ているだけになるのじゃ。だが、白人はな、妖術師の道具にすぎん。いいか。わしらは機械を持ち、自分たちの信仰を持った白人と四つに取り組めるんじゃ。ほんとうだ。わしらが白人を造ったんじゃからの。そもそもインディアンの妖術が白人を造ったのじゃ。」(Silko *Ceremony* 132)

破壊的な妖術では、すべての責任を白人に押しつけてしまう。アメリカ先住民の口承の伝統と世界観を背景に、ここでベトニーはインディアンを単なる無知な犠牲者とすることを退けて、自分たちで言葉を造ったと示唆することによって、自らの責任の所在を明確にしている。

白トウモロコシの砂絵を制作中、ベトニーはテイヨに砂絵の背景を成す物語を語り、神話上の出来事を現在に重ね合わせる。ちなみに、トルゥーディ・グリフィン－ピアスによれば、ナヴァホ族の砂絵の制作とその儀式は、生命のさまざまな力を秩序ある本来の場所へと連れ戻し、病んでいる者の霊的、肉体的な健康を左右するそれら生命の諸力と病んでいる者との間に、正しい関係を回復させるそうだ(22)。

砂絵の儀式の終わりでは、テイヨは白トウモロコシの砂絵のまん中に坐っている。熊の精霊が呼び出されてテイヨの回復を助ける。

儀式が済み、山から下りたテイヨは伯父のまだら牛を捜しに行くが、聖なる山のふもとでベトニーの語りから現れたようなツエに出会う。彼女はナイト・スワンがそうだったように、テイヨに生きる力を与える。そしてツエを愛することによって、テイヨに全体性の回復がもたらされるのである。以後、テイヨは次第に、大地や天空のすべての存在との深い絆を断ち切っては原爆をはじめとする数々の破壊行為におよんだ白人を中心とする、これまでの人間の残虐さにも気づく。従兄のロッキーも、テイヨの母親も、西欧の言説の被害者であった。それと同時に、白人だけでなく先住民も善や悪が取り巻く世界に存在し、もちろん破滅行為の責任の一端を負っているである。事実、ウラン鉱も、最初の原子爆弾が製造された場所も、また最初の原爆の実験が行なわれた場所も、すべてプエブロのリザヴェーションにある。

白人の存在を含めた、あらゆる物語がはめ込まれている紋様なのだと理解したテイヨは、白人だけを非難してきた、これまでの先住民の愚かさをも認識する。誰もが破壊者たる要素を内に抱え込んでいるのだ。ママデーの『夜明けの家』と同じように、テイヨの物語も夜明けではじまり、夜明けで終わっている。小説の最後で、テイヨはようやく安住の地を見つけることができた。彼は母親にも、家族にも、先住民の文化にも、また母なる大地にも見捨てられていなかった。それだけでなく、彼は自らの共同体やすべての生あるものにたいし、責任を感じている。小説のはじめで、テイヨが足を踏み入れてみた半分砂に埋もれている水槽の鉄の輪のように、テイヨ自身も永遠に循環している宇宙の一部となる。シルコーが望む新たな世界とは、伝統を重んじる一方で、現代社会が生き延びるために変化を受け入れようとする、しなやかな心に支えられた多文化主義的な知性である。古いものと新しいもの、聖なるものと俗なるもの、共同体と孤独、自然と機械文明などさまざまな両極を認識し、かつそれらの両極を解体しては、調和のとれた全体性へと融合させることこそ、二一世紀を生き延びるための知恵なのではないだろうか。

一九八一年、シルコーは自伝的エッセイや、すでに発表していた詩、小説、写真、ラグーナ・プエブロ族の口承の物語、歴史、書簡などを編んだ著書『ストーリーテラー』を出版した。

『ストーリーテラー』は、ホピ族のバスケットの説明ではじまっている。バスケットには、シルコーの父親であるリー・H・マーモンなどによって撮られた、一八九〇年以降のラグーナの風景や一族などの写真がたくさん詰まっている。実際、本には二十六枚の写真が挿入されているが、曾祖父母と祖父の写真の説明後、シルコーはいっきに先祖やいまなお生存している親戚、さらには一族をつねに慈しんできたラグーナ・プエブロの土地と時間に思いを馳せてゆく。

シルコーは幼いときから、曾祖母のアムーや伯母のスージーなどから、ラグーナ・プエブロ族の物語や歴史などを数多く話してもらっていた。口承の伝統は、単に書かれた文字を一方的に読んでゆく作業ではなく、読み手と聞き手のあいだの親密な人間関係に基づいている。そういった意味において、口承詩の復権を望んでいるシルコーの詩や小説には、先住民の伝統と西欧文明などの融合とせめぎ合いが色濃く描かれている。

一九八六年、シルコーは詩人ジェームズ・ライト James Wright との往復書簡集『レースの繊細さと強さ』（*The Delicacy and Strength of Lace*）を出版した。そして一九九一年、彼女は小説『死者の暦』（*Almanac of the Dead*）を出版した。七百ページ以上にもおよぶこの野心的な長編小説には、膨大な数の物語がえんえんと紡がれている。おそらく『死者の暦』の中心テーマは、過去五百年にわたって続いているアメリカ先住民文化と白人文化の抗争ではないだろうか。

アリゾナ州のトゥーソンに住む、透視力を持つ霊媒師の老婆レチャは、アメリカ先住民の苦難の歴史が織り込まれた部族に伝わる暦を語り直しては、書き記している。次第に明らかにされる死者たちの暦は、アメリカ先住民のみならず、白人をも含むすべてのアメリカ人の未来を指し示している。具体的には、レチャを取り巻く人びとのさまざまな暴力的な生きざまを通して、白人に虐殺され、土地を奪われてきた何世紀にもわたるアメリカ先住民の抵抗の姿が顕わになる。そもそも先住民は、土地の私有や境界という概念は持ち合わせていなかった。同様に、先住民にとっては、時間さえも過去から未来へと直線的に進んでゆくものではない。時間は円環を成すのだ。事実、彼らの考えでは、死者たちはいまという自分たちが存在している時間と空間の中にいる。ちなみに、白人が抱く時間と空間の概念について、シルコー自身は次のように述べている。「西欧文化における時間の計算の仕方はまったく政治的である。入植者たちは、つねに時間と歴史がはるか昔へと逆もどりすることを望まない。（中略）時間は完全に政治的である —— 特に入植者たちが母なる大地に立つときにだ、それも特にほんの短い間立つときにだ。その母なる大地では、いま現在生きている者が、これらの出来事が実際に起こった場所にいたことがある人と言葉を交わした者と、話をすることができたかもしれないのだ。」(Perry *Backtalk: Women Writers Speak Out* 329)

一九九三年、シルコーは自伝『聖なる水』（*Sacred Water*）を、また一九九六年にはエッセイ集『イエロー・ウーマンと美しき精霊』（*Yellow Woman and a Beauty of the Spirit*）を出版した。一九九九年、シルコーはさらに意欲的な小説『砂丘の庭園』（*Gardens in the Dunes*）を出版した。

第四章　現代のアメリカ先住民作家たち

1　アメリカ先住民文学の再読と再評価

ネイティヴ・アメリカン・ルネッサンスと呼ばれる一九六〇年代末以降、第三章で取り上げた「四大アメリカ先住民作家」に影響を受けた、才能ある先住民作家が続々と出現して現代に至っている。彼らの多くは西欧文学に関する素養も高く、その創作技法もさまざまである。また、たとえばアメリカ先住民の伝統的な音楽を演奏するミュージシャンとならんで、ジョン・トゥルデルやブルース・コックバーンなど欧米のロック・ミュージックを演奏するアメリカ先住民がいるように、アメリカ先住民作家の中にも、伝統的な先住民の問題を扱うだけでなく、人種やエスニシティー、ジェンダーといった普遍的なテーマを扱う者もいる。もちろんこういった傾向は、おおいに称揚されるべきであろう。ひとりひとりのアメリカ先住民作家が自分で重要だと思うことを追求し、そしてそれについて書くべきである。もし、すべてのアメリカ先住民作家が先住民についてしか扱うことができないとしたら、現代のアメリカ先住民文学はほんとうに貧弱なものになってしまう。

ちなみに、このようにアメリカ先住民文学が、アメリカ文学の中にあって欠かすことのできない重要な領域と認識された理由のひとつは、数多くのアメリカ先住民文学撰集などの出版と同時に、一九六九年にはサンフランシスコ州立大学で、またその後カリフォルニア大学バークレー校などの多くの大学で、口承詩から現代に至るまでのアメリカ先住民文学を含む、アメリカ先住民の文化や歴史が教えられるようになったことだ。アメリカ現代言語学会（ＭＬＡ）は、一九七七年にアリゾナ州のフラッグスタッフでアメリカ先住民文学に関するサマー・セミナーを開催した。優秀なアメリカ先住民の学者や評論家が現れるとともに、永い間埋もれていたアメリカ先住民作家や作品の発掘と、現代の才能ある作家の発見はもとより、新たな視点で、それまでおおかたの非先住民の学者や評論家が見落としたり、誤読してしまったテキストの再読と再評価がはじまったのだ。

具体的には、ラグーナ・プエブロ族とスー族とレバノン人の血を引く詩人であり、作家であり、評論家でもあるポーラ・ガン・アレンは、一九八三年にアメリカ先住民文学についての評論と、大学での指導要領についての提言が中心の『アメリカ・インディアン文学研究』[1]を編んだ。さらに彼女は、一九八六年には先住民女性作家についての評論集『聖なる輪』（*The Sacred Hoop*）[2]を出版した。また、評論家エイ・ラヴァン・ブラウン・ルオフは、一九九〇年に著作目録が充実した評論集『アメリカ・インディアン文学』（*American Indian Literature*）[3]を出版した。ジェラルド・ヴィゼノアは、評論集『ナラティヴ・チャンス』（*Narrative Chance*, 1989）[4]や、大学生向けのアメリカ先住民文学撰集である『アメリカ先住民文学 』（*Native American Literature: A Brief Introduction and Anthology*, 1995）[5]などを編み、数多くのアメリカ先住民作家を紹介している。

加えて、現在活躍しているアメリカ先住民作家の多くが都市部に住み、部族のコミュニティーと離れたところで暮らしているが、次第にインディアン・コミュニティーやリザヴェーションで教育を受けたり、リザヴェーション内にある出版社から作品を発表する者も出てきた。具体的には、一九六二年に創設されたインスティテュート・オブ・アメリカン・インディアン・アーツ（ＩＡＩＡ）の創作クラスは数多くの先住民作家を輩出し、一九七二年にはテリー・アレンとメー・ドゥーラム編集による撰集『ささやく風』を出版した。また、アコマ・プエブロ族の著名な詩人であり、作家でもあるサイモン・J・オーティーズは、短篇小説撰集『大地の力がやって来る』をナヴァホ・コミュニティー・カレッジ・プレスから出版した。

アメリカ先住民文学の中には、本書では取り挙げていないがスペイン語で書かれた作品もあるということも特筆すべきであろう。同様に、部族の言語で書かれた作品も、数は多くはないが存在する。たとえば一九八〇年にアリゾナ大学から出版された、ナヴァホ族やホピ族など四つの部族の物語や詩を編んだ撰集『時の南の角』（*The South Corner of Time*）や、メスコーキ族の詩人レイ・A・ヤング・ベア Ray A. Young Bear の詩集『見えない音楽家』（*The Invisible Musician*, 1990）は、部族語と英語の両方の言語で織り上げられている。

なお、一般にアメリカ先住民はもともと文字を所有していなかったと思われているようだが、ゲーリー・ホブスンによれば、実際には数多くの部族が、混血のチェロキー族のセコイアが一八二一年にチェロキー語の音節を表す独自のアルファベットを編み出す前に、すでに文字を所有していた。(6) 具体的にはデラウェア族の「ワラン・オーラン」（"Walum Olum" or "Red Score"）や、モホーク、オネイダ、カユガ、セネカ、オノンダガの部族から成るイロコイ連合の「儀式の本」は口から口へと何世代にもわたって受け継がれてきた。正確な年代は分からないが、いずれにしてもかなり前から、彼らは儀式のあり方をさまざまな方法で書き記していたそうだ。セコイアが編み出したという綴りに関しても、セコイアはチェロキー族のメディスンマンなどが薬の作り方や、昔からの知恵などを留めておくために使ったというシンボルを、単に洗練させたという説もある。(7)

さて、この章ではすでに名前を挙げたポーラ・ガン・アレンをはじめとして、さまざまなテーマを、さまざまな手法で描いている九名の先住民作家を扱っている。まずアレンは、先住民文学を強力にアメリカ文学の最前線に押し上げただけでなく、フェミニズム文学の流れにおいても影響力の大きい作家である。サイモン・J・オーティーズは、先住民の伝統文化を受け継ぐ作家として高く評価されている。そのほか濃密な手法で物語を編む才能溢れるルイーズ・アードリック、大地に抱かれるすべての生きとし生けるものを叙情感溢れる詩に描くリンダ・ホーガン Linda Hogan、そして口承伝統の後継者と自らを語るヘェメヨースツ・(チャック・)ストーム Hyemeyohsts (Chuck) Storm、これらの三人の作家は日本においてもすでに翻訳され、名が知られている。バイタリティーに富み全米を飛び回っているジョイ・ハージョ Joy Harjo は、その明確な主張を含んだ詩で多くの人を引きつけて止まない。ウェンディ・ローズは先鋭的な手法で詩を書き、いかなる時も弱者の代弁者である。難解な詩を書くレイ・A・ヤング・ベアは、つねに音としての言葉を意識している詩人である。カナダ生まれのトーマス・キング Thomas King は、トリックスターを扱った心暖まる小説を書いている。

最後に、本書では取り挙げなかったが、二一世紀に入った現在、実はほかにも有能なアメリカ先住民作家が続々と輩出されている。具体的には、ナヴァホ族の詩人ルーシー・タパホンソ Luci Tapahonso やクロー・クリーク族のエリザベス・コック・リン Elizabeth Cook-Lynn は、詩情溢れる作品をつぎつぎと生み出している。すでに亡くなってしまったが、モドク族のマイケル・ドリス Michael Dorris は小説だけでなく、先住民に関する注目すべきエッセイを数多く書いた。そのほか、ゴードン・ヘンリー・ジュニア Gordon Henry Jr.、キンバリー・ブレイザー Kimberly Blaeser、エヴェリーナ・ズニ・ルセロ Evelina Zuni Lucero、リ・アン・ハウ Le Anne Howe、シャーマン・アレクシー Sherman Alexie、ロベルタ・ヒル・ホワイトマン Roberta Hill Whiteman など限りない。

2　ポーラ・ガン・アレン

ポーラ・ガン・アレン（一九三九―）は、著名な作家であり、詩人であり、評論家である。N・スコット・ママデーの影響を受けて、はじめてアメリカ先住民というアイデンティティーに基づいた立場で創作を開始した。以来、先住民としての視点で作品を書きつづけ、ママデーと同様に、その広範囲にわたる知識と鋭い洞察力に溢れた評論や詩や小説などは、数多くのアメリカ先住民の作家や研究者に大きな影響を与えている。

ポーラ・ガン・アレンは、一九三九年十月二十四日にニューメキシコ州のアルバカーキで生まれた。ニューメキシコ州の北部に位置する、スペイン語を話す人びとのための無償払下げ地、サンドストーン・メサ（クベロ）で育った。近くにはラグーナ・リザヴェーションやアコマ・リザヴェーションなどがあったという。(8) スペイン語と英語を話す母親は、ラグーナ・プエブロ族とスー族とスコットランド人の血が混じっており、長老派教会の一員として育てられたが、本質的には無信仰だったそうだ。(9) カトリック教徒として育てられた父親は、アラビア語とスペイン語で育ったレバノン人である。

アレンはアルバカーキにあるカソリック系の学校に通った後、コロラド女子大とニューメキシコ大学で学んだ。一九六六年には、オレゴン大学の英文科を卒業した。二年後の一九六八年には、同大学の大学院の創作科より修士号を取得した。ブラック・マウンテン派の詩人ロバート・

クリーリーの創作の授業に出るまでは、「ニューメキシコ州のグランツから来た、蜂の巣のような髪型のおびえた小柄な主婦だった」（Perry *Backtalk* 11）とアレン自身、後になって語っている。

アレンは一九七〇年の末頃にはカリフォルニアからアルバカーキに戻り、ディ・アンザ・コミュニティー・カレッジで一年間教えた。一九七一年から七三年まで、ニューメキシコ大学の創設されたばかりのアメリカ先住民研究プログラムで教える傍ら、大学院で学んだ。以来、アメリカ先住民文学に興味を持ち、現在に至る。サンディエゴ州立大学サンマテオ校や、カリフォルニア州立大学サンフランシスコ校で教壇に立った。一九七五年には、ニューメキシコ大学からアメリカ研究で博士号を取得した。アルバカーキに留まりさまざまな職業に就いたが、一九七八年から七九年までフォート・ルイス・カレッジで教えた。一九八一年、奨学金を得て研究員としてカリフォルニア大学ロサンゼルス校へ行った。一九八二年から九〇年まで、カリフォルニア大学バークレー校のアメリカ研究科で教えた。一九九〇年以降、カリフォルニア大学ロサンゼルス校の英文科で教えていたが、最近退官した。繰り返しになってしまうが、ポーラ・ガン・アレンがMLAの支援を受けて、アメリカ先住民文学をはじめてアカデミックな場所へと導いた。

アレンは幼い頃から、インディアンであることを決して忘れてはならない、と母親から言われてきた。彼女の母親は部族の言語を忘れてしまったが、祖母と同様につねに白人文化に呑み込まれてしまうことを恐れていたようだ。[10] アレンはさまざまな言葉と文化に囲まれて育ったが、ラグーナ・プエブロ族の文化と伝統と世界観こそ、彼女の価値観や洞察力を形成しているのではないだろうか。事実、アレンの数多くの詩や評論には、意識的にラグーナ・プエブロ族の生活とそこに息づく自らの半生が織り込まれている。もっとも、評論家ジェイムズ・ラパート James Ruppert が指摘しているように、もともとラグーナは、いくつかの異なったプエブロの部族が集まってできた。[11] そして、そこにはつねにナヴァホ族やメキシコ人や白人も含まれていた。さまざまな血が混じったアレン自身の生に象徴されるように、彼女はこの多様性と融合こそ力の源となると信じている。ラグーナの人びとがさまざまな差異を取り成す存在であるように、こういった意味においては、アレンの詩や評論も複数の文化を横断し、それらを融合するものである。

さて、一九七四年に詩集『盲目のライオン』（*The Blind Lion*）を出版以来、ポーラ・ガン・アレンは実りある仕事を精力的にこなしている。現在まで『コヨーテの夜明けの旅』（*Coyote's Daylight Trip*, 1978）や、『星のこども』（*Star Child*, 1981）、『影の国』（Shadow Country, 1982）、『皮膚と骨』（*Skins and Bones: Poems 1979-87*, 1988）など数多くの詩集を出版している。彼女の詩の多くが『影の国』に示されるように、現代のアメリカ先住民が抱える矛盾や相反するものを和解へと導くものとなっている。インディアンとして、そして同時に非インディアンとしての二重の認識は、分断というより、心理的統合に向かっている。

アレンはアメリカ先住民として、先住民の伝統社会や現代社会における女性の経験を明らかにすることにも興味を抱いている。たとえば、彼女はラグーナ・プエブロ族の神話における天地創造の女神、そして大地の母である蜘蛛女を作品の中でたびたび扱っているが、神話での女性の役割を示すだけでなく、女性を現世における癒しをもたらす存在として描いている。

次は、詩集『コヨーテの夜明けの旅』に収録されている詩篇「祖母」("Grandmother")である。

からだの中から
彼女は銀色の糸、光、大気を押し出した、
それを暗くて宙に浮かんだすべてが静止した場所へ
注意深く運んだ。

からだの中から
彼女は輝く針金、いのちを突き出した、

そして虚空に光を織り上げた。

時を超えて、
樫の木ときらきら光る澄んだ水の流れを超えて、
彼女は自分のからだ、苦痛、ヴィジョンの糸を
織り上げ
創造する、才能をいかんなく発揮すると
消え去ってゆく。

彼女につづいて
女たちと男たちが毛布に
人生の物語、光と梯子の記憶、
無限の目、雨を織り上げる。
彼女につづいて、わたしが梯子と雨が織り込まれた敷物に坐って
涙を糸でつくろう。

（Allen *Coyote's Daylight Trip* 50）

ここで描かれる蜘蛛女は、南西部に広がる種々の部族のあいだで多様なアイデンティティーを持っている。たとえばケレス・プエブロ族にとっては、蜘蛛女こそすべての生きものを生んだ最高の神である。彼女はさまざまなものを織り上げる。光と闇、音、それから生きとし生けるものを産み出す。[12] チェロキー族の神話では、蜘蛛女は太陽をつかむ者である。ナヴァホ族では、織ることと考えることは深く関係している。いずれにしても、人びとはつねに蜘蛛女に敬意を払い、彼女から祝福を受ける。蜘蛛女のお腹から紡がれた生命の糸は、子どもから子どもへと永遠に継承されてゆく。蜘蛛女は人間を守る存在でもある。若者に昔からの知恵と伝統を伝え、薬を作る。若者に狩りの仕方も、歌い方も教える。織物、陶器、バスケットの編み方も教える。生命の蜘蛛の巣を張り、新たな方法を生み出す。蜘蛛の巣は全体性と調和と美を示し、蜘蛛の巣の円環と永続性は、いまなお人から人へと手渡される伝統の永遠性を意味する。[13] そして詩が語っているように、詩人も言葉を紡ぐ。おばあちゃん蜘蛛の後には、織り手、つまり詩人が人生という織物を織り上げ、涙を言葉という糸でつくろうのだ。

アレンは一九八三年には、はじめての小説『影を所有した女』（*The Woman Who Owned the*

Shadows）を出版した。夫に捨てられた、子持ちの混血のアメリカ先住民であるエファニーは、南西部とサンフランシスコのどちらも自分の住む場所でないと感じている。自らの心を癒すためには、彼女は幼い頃を回想し、いまだなお抱きつづけている恐怖心の原因を突き止めなければならない。さまざまな心理的な、また精神的な旅を通じて、エファニーは次第に部族のスピリット・ウーマンと強く結びついている自らの存在に気づいてゆく。そして最後には精霊としてのシャーマンに生まれ変わる。ちなみにアレンは、アメリカ先住民文学においては大地こそ物語の中心であり、それゆえに主人公の精神性は大地と深く関わっていると言っている。[14] 同様にアメリカ先住民文学における自分探しというテーマについてアレンは、欧米文学と異なり、自分探しというテーマはないと語っている。

「わたしは自分探しをしなくてはならない口承の物語は、ひとつも思い浮かべることができない。精霊やパワーや知識を見つけださなくてはならないものは数多く知っている。自分探しをしなくてはならない物語なんて聞いたことがない。また、見つけるべく自分の場所が、自分が育った場所とは異なるという物語も聞いたことがない、絶対に。それはつねに変容についてだ。魔術がつねに関係している。（中略）わたしの本の終わりでは、エファニー

は精霊になる。」(Perry *Backtalk* 14)

一九八六年、アレンはアメリカ先住民についての評論集『聖なる輪』を編んだ。また一九八九年に出版した、昔から語り継がれてきたアメリカ先住民の女性にまつわる物語と、現代のアメリカ先住民女性作家による短篇小説を編んだ撰集『蜘蛛女の孫娘たち』(*Spider Woman's Granddaughters*)は、全米図書賞を受賞した。

『蜘蛛女の孫娘たち』には、アレンの手による短篇小説「濃紫色」("Deep Purple")が収録されているが、これはフェミニズム運動とレズビアンにおける偽善と人種差別主義などを暴いた小説である。二十代のアメリカ先住民の女性リーラは、自らの部族の人びととの聖なる伝統から離れて、白人のレズビアンの世界に足を踏み入れている。なぜなら彼女は白人の女性を愛しているからだ。しかしながら、男女差別で抑圧され、お互いの痛みを理解しているはずのレズビアン・コミュニティーにあって、リーラは中産階級の白人女性が、黒人などのいわゆるマイノリティーの女性や労働者階級の女性を攻撃するのを目の当たりにして、幻滅する。

一九九一年には、ポーラ・ガン・アレンはアメリカ先住民の天地創造の神話に登場する女神や、スピリット・ウーマン、シャーマン、超自然現象などについてのエッセイや物語などを編んだ『光の祖母たち』(*Grandmothers of the Light: A Medicine Woman's Sourcebook*)を出版した。具体的には、全部で二十以上の女性の精霊の伝統にまつわる物語が中心となっているが、アレン自身が語っているように、それらはいずれも、わたしたちを人間の世界と精霊の世界の境界への危険な旅に誘う[15]。

3　サイモン・J・オーティーズ

サイモン・J・オーティーズ(一九四一―　)は、詩人、短篇小説家、エッセイストである。彼自身は、自らを詩人というより、ストーリーテラーであると考えているようだ。ともあれ、オーティーズは欧米文化の影響で消滅しかかった、伝統的なアコマ・プエブロ族の土地や文化やコミュニティーの物語を追求し、それらを次の世代へと受け継ぐ作家として、現在中心的な役割を果たしている。

オーティーズは、一九四一年五月二十七日にニューメキシコ州のアルバカーキで生まれた。アコマ・プエブロ・コミュニティーにあるディツィヤマ(マッカーティーズ)と呼ばれる村落の、アコマ語を話す家庭で育った。どうやらこの時期の体験が、エッセイ「つねに物語が」（"Always the Stories"）や「わたしたちが知っている言葉」（"The Language We Know"）で彼自身指摘しているように、後に彼の創作における独自の洞察力や価値観を形成するのに大きな影響を与えたようだ。

一九四八年、オーティーズはディツィヤマにあるＢＩＡが運営する学校に通いはじめた。ちなみに、小学校五年生のとき、母の日にちなんで書いた詩が学校のニューズレターに掲載された。七年生になると、セント・キャサリンズ・インディアン・スクールに転校した。寄宿制のセント・キャサリンズ・インディアン・スクールで学んでいたときに日記を書きはじめたが、それが彼の作家としての原点であるようだ。アルバカーキ・インディアン・ボーディング・スクールなどでも教育を受けた。一九六二年から六三年までは、フォート・ルイス・カレッジで学んだ。その後、一時軍隊にいたが、一九六六年にはニューメキシコ大学に入学し、一九六八年に卒業した。一九六八年から六九年まで、アイオワ大学のライティング・プログラムでも学んだ。以後、創作をする傍ら、サンディエゴ州立大学やナヴァホ・コミュニティー・カレッジなど、いくつかの大学で創作やアメリカ先住民文学を教えた。現在は、アリゾナ州のトゥーソンに在住。

オーティーズの詩と短篇小説は視覚的で、アコマ・プエブロ族の物語と神話の口承伝統の残照を多分に残している。ちなみに、言語と創作についてオーティーズ自身は、ジョセフ・ブルシャックによるインタヴューを集めたアンソロジー『こうやって生き残る』（*Survival This Way*, 1987）の中で、次のように語っている。「書くという観点から言語を考えると、わたしが関心を抱いているのは言語そのものであり、意味を抱えた印刷されたページが指し示すシンボルではない。わたしが意識しようとしているのは、その核となる本質、言語の基本的な要素である。だから、書くこととは、話す内容、つまり音や意味や魔術や知覚や現実に基づいて表現される感情を促進したり、それを継続させることである。」（Vizenor *Native American Literature* 258）一見、伝統主義者としてしか見られないオーティーズが、ジェラルド・ヴィゼノアと同様に、ポストモダン的な面にも大きな関心を抱いているのは興味深い。

一九七六年、オーティーズは詩集『雨を求めて』（*Going for the Rain*）を出版した。伝統的なアコマ族のストーリーテラーとしてのオーティーズは、単に口承の物語を語り直すだけでなく、歌や繰り返し唱えるチャント、さらには聖なる天地創造の神話、そしてそれに伴う儀式などにも関心を向ける。

事実、九〇篇にもおよぶこの詩集は、一見すると単なる叙情的断片を連ねただけのように見える。しかし評論家ロバート・M・ネルスン Robert M. Nelson が述べているように、ひとつひとつの詩篇は、語り手の旅を通じての単なるアコマ・プエブロ族のアイデンティティーを追求することに留まらないものがある。[16] それは、シワナ、つまりアコマ族の伝統儀式におけるクラウド・ピープル（雲の人）たちの聖なる動きに沿っているようだ。その聖なる儀式とは、大地と人びとに確実に生命をもたらすための、季節の循環と雨の恵みを祈る儀式である。[17]

具体的に言えば、『雨を求めて』には、フロリダやニューヨーク、アルバカーキなどを旅する語り手が描かれる。彼は、旅の過程で喜びや絶望など悲喜こもごもの人間を含めた、すべての生きとし生けるものの現状を目の当たりにする。女好きの男や、すでに霊となってしまった者たちさえも描かれているが、語り手はさまざまな体験を神の祝福、そして贈り物として受け入れる。なお語り手の精神的、そして物理的な中心となっているのが生命の源である場所、聖地アクである。語り手は最後にはアクに戻るのだが、アクと一体化することによって、本当の意味でアコマ族の人びとの生活へと帰還する。[18] 自分自身を見つめ直すことによって、アイデンティティーの確立も同時に行なわれるのだ。

ところでアコマ族の口承の伝統では、コヨーテは頻繁に登場する人気者のトリックスターである。コヨーテは神通力を持っている。神にもなれば、人間になったりもする。時には悪だくみをして、自らの墓穴を掘ることもある。

オーティーズは『雨を求めて』だけでなく、ほかの詩集にもコヨーテをたびたび描いているが、彼が描くコヨーテは、特に自然界と深い関係を持っている。コヨーテは普段はコミカルな仮面を被っているが、時折その下に潜む複雑な精神を見せてわたしたちを驚かせる。その才気煥発さと行動は、時にはおろかであったり、反社会的であったりするが、パトリシア・クラーク・スミス Patricia Clark Smith が語っているように、もしかしたら人間が持つ可能性を象徴しているのかもしれない。[19] コヨーテはまさにわたしたち自身であり、わたしたちの可能性を示しているのだ。

次は、詩篇「少年とコヨーテ」("The Boy and Coyote") である。語り手は退役軍人の病院に入院しているが、アーカンソー川の川辺を歩いているとき、ふいに子ども時代を思い出す。

わたしはアコマで大きくなった少年の
あの若々しい午後に思いこがれる。
彼は川の流れに
そのほんのかすかな音の違いに耳を傾ける。

わたしは静かな小さな水たまりの薄氷を割る、

コヨーテの足跡を見つける。
コヨーテよ、いつも前方のどこかにいる、
おまえがすぐにやってくるのを知っている。
わたしは思い出の中のコヨーテの新しい足跡に微笑む
それから手短かにコヨーテと自分の幸運を祈って
感謝する。

(Ortiz *Going for the Rain* 88)

ここには引用しなかったが、詩の後半では、コヨーテはつねにその生存をおびやかされているものとして捉えられている(「突然、近くで/散弾銃の音がする、」)。(*Going for the Rain* 88) また同時に、コヨーテは自然界のさまざまな神秘を求めるものとしても描かれている(「コヨーテが望んでいるのは静寂/かすかな風、神秘的な鳥の声、ギョリュウの擦れあっている音だけが/それを破る、」)。(*Going for the Rain* 88)

コヨーテは自然界の素晴らしさを語るものとして、また伝統を保持し語り継ぐものとして生き残ろうとする。もちろんここでオーティーズは、コヨーテに自らの個人的レベルの生き残りをはじめとして、アコマ・プエブロ族、さらにはアメリカ先住民の生き残りの希望をも託している。

アコマ・プエブロ族、またアメリカ先住民としてのサヴァイヴァルのテーマは、一九八〇年に出版された日誌形式の詩集『抵抗する——人びとのために、土地のために』（*Fight Back: For the Sake of the People, for the Sake of the Land*）に、より鮮明に打ち出されている。この詩集は、一六八〇年のプエブロ族のスペイン人にたいする反乱から三百年を記念して、ニューメキシコ大学のアメリカ先住民研究プログラムと、アメリカ先住民開発が共同して出版した。作品のほとんどが、自分たちの周辺で実際に起きている今日のインディアンと彼らの同胞、つまりアフリカ系アメリカ人、メキシコ人、アカディア人、季節農業労働者などの社会的弱者の物語である。[20] 彼らはみな、政府や法人による土地開発などによって、政治的に、また経済的に抑圧されているが、それでも必死の抵抗をつづけて生き残ろうとしている。具体的には、インディアンの生活は開発や進歩という名のもとに変化せざるを得なくなっている。強制移住や土地の明け渡し、あるいは大量の水の浪費などが原因だ。そして、そのどれもが多くの犠牲をともなう。これまで永い間、人間を含むさまざまな生きものを守ってきた環境の精妙なバランスを乱すことは、すべての生きものの生命を危うくすることである。

もちろん、オーティーズは政治的イデオロギーのみで物語を語っているのではない。ここで言う「抵抗」とは、伝統的な生き方、価値観、そして世界を認識、維持し、みなに知らせることである。つまり伝統を保持し、次の世代に伝えることこそ抵抗することである。

一九八一年、オーティーズは詩集『サンド・クリークから』(*From Sand Creek*)を出版した。前詩集『抵抗する』に流れる権力にたいする緊張感が、この詩集にもみなぎっている。『サンド・クリークから』は、非常に短い散文と詩から成っている。もちろん再生を示唆する詩篇もいくつかあるが、特に一八六四年にコロラド州の南東部にあるサンド・クリークで起こった、連邦政府軍によるインディアンの大虐殺の凄惨なイメージと記憶が、全体をおおっている。ちなみにインディアンは、リンカーン大統領から託されたアメリカの旗の下で平和を信じていた。無残にも殺された者の三分の二は、女性や子どもたちであった。

同年の一九八一年、オーティーズは小さな詩集『詩は旅である』(*A Poem Is a Journey*)を出版した。『雨を求めて』と同様に、ここにもアメリカを旅する語り手が描かれている。語り手はツェイリー湖からルカチュカイ山で消えてしまうツェイリー・クリークを辿ってゆく。詩集の最後では、彼はカリフォルニア州の海岸まで到達するが、そこで沸き上がる雲と一体化する。

一九八四年には、オーティーズは詩集『いい旅路』(*A Good Journey*)を出版した。これまでの詩集と同じように、やはり旅をテーマにした詩がいくつか含まれている。次は詩篇「ヘヤーシ・

グーター」（"Heyaashi Guutah"）の冒頭である。

透き通った朝の雲が
　　降りて
　　　くる

南西部の赤い大地から
アクから
トゥシアーマまで、
それから
濡れた黒い道で頭をもたげ
バッドヴィルまでゆく。

そまつな避難所、
バプティスト・インディアン・ミッション、

ひんまがった看板が
　キングス・バーにぶらさがっている。

男がよろめいて
腹を打つ。
恐怖に満ちた夜の眠りが
暗い窓に映しだされる。
渓谷の泥が
ズボンにこびりついている。

(Hobson *The Remembered Earth* 264-265)

わたしたちは雲が象徴するシワナの精霊が、南西部から北西部までつながる地軸を横断するのを見る。精霊こそ、アコマ族の南西部にあるメサ（赤い台地）とカウィシィティマ（テイラー山）を結びつける存在である。[21] 一見、大地や精霊がこの詩集の中心的テーマになっているように見えるが、ロバート・M・ネルスンによれば、『いい旅路』におけるオーティーズの一番の関心事はアコマ・プエブロ族に息づく口承の伝統である。[22] つまり彼の作品は、自らがその一部であるアコマ族の連綿たる世代に語りかけられたものである。オーティーズの曾祖父や曾祖母から祖父母に、それから父母からオーティーズに受け継がれた口承の伝統を、今度はオーティーズ自身が彼の子どもへと受け継ごうとしている。つまり「いい旅路」とは、自分の前の世代から、自分に、そして次の新たな世代へという、世代から世代への旅である。部族や一族の創世の神話や歴史だけでなく、なぜニューメキシコ州の南西部にやって来て、いまなおそこに生きつづけているのかという物語を語り直すことによって、口承の伝統を保とうとしているのだ。

オーティーズは短篇小説も書いている。それらはケネス・ローゼンが編んだ撰集『雨雲を送る男』（*The Man to Send Rainclouds*, 1974）をはじめとして、オーティーズ自身の編集による『ハウバ・インディアン』（*Howbah Indians*, 1978）や『闘う』（*Fightin': New and Collected Stories*, 1983）、そして前述の『抵抗する――人びとのために、土地のために』などに収録されている。

オーティーズの短篇小説は、主に自然界と異文化間の出会いがテーマとなっている。[23] 加えて、伝統と現代のテクノロジーの共生の問題なども扱っているが、詩と較べると生き生きとした生命力や叙情感や説得力などにやや欠けているようだ。しかしながら、それでも奥深いところで、オーティーズにとって必要な表現形式であるのであろう。詩と同様に、短篇小説も彼の本質を表現する手段になり得ている。

4　ルイーズ・アードリック

著名な小説家で詩人のルイーズ・アードリック（一九五四―）は、一九五四年六月七日にミネソタ州のリトル・フォールズで生まれた。両親がインディアン・スクールの教員をしていた、ノース・ダコタ州のワーペトンで育った。彼女の母親は、チッペワ（アニシナーベ）族のタートル・マウンテン・バンドに属している。祖父はかつて族長であったという。父親はドイツ系アメリカ人である。なお、アードリック自身もタートル・マウンテン・バンドの一員である。

一九七二年にダートマス大学に入学した。在学中に小説と詩を書きはじめ、コックス賞の小説部門とアメリカ・アカデミー・オヴ・ポエツ賞を得た。卒業後、ノース・ダコタ州の詩のプログラムで教えるために故郷に戻った。その後、ジョンズ・ホプキンズ大学大学院の創作科で学び、一九七九年に修士号を取得した。マクドウェル・コロニー（一九八〇）、ヤドー・コロニー（一九八一）、米国芸術基金（一九八二）など数多くの奨学金を得た。アードリックは、創作するにあたってもっとも影響を受けたというモドク族の作家、マイケル・ドリスと一九八一年に結婚した。当時ドリスは、ダートマス大学のアメリカ先住民研究の教授であった。以来、アードリックはドリスと二人で、文字通り作品の一字一句を推敲しながら創作していたが、一九九七年にドリスが亡くなった。二人の間には、三人の養子を含めて六人の子どもがいる。

アードリックは才能あるストーリーテラーであり、彼女の詩や小説が発表されるやいなや、それまでのアメリカ先住民作家が経験したことがないほど数多くの人びとに注目され、称賛された。先住民や白人、またほかのマイノリティーの読者を引きつけただけでなく、ふだん地位の確立した作家にしか興味を示さない多くの評論家や研究者、ジャーナリストが競ってアードリックの作品を取りあげた。

アードリックの家族には、実際にいく人かのストーリーテラーがいるという(24)。彼女は幼い頃から部族や肉親などさまざまな人びとにまつわる多くの物語を耳にしてきた。アードリックが織り上げる物語は感動的であり、その巧みな言語表現は、強制移住問題や部族、そして個人レベルでのアイデンティティーの喪失などといった、アメリカ先住民が抱える根本的な問題を炙りだしている。加えて命のはかなさや、家族を含めたさまざまな人間関係の危うさ、また人種差別、女性差別、あるいは自我の混沌などといった現代人が直面している問題も探求している。

一九八四年一月、アードリックは詩集『ジャックライト』(*Jacklight*)を出版した。この詩集は四章に分かれているが、特に第一章は、彼女の体の中に流れているヨーロッパ人の血が意識されている。他の同時代の作家と同じように、先住民と白人との狭間に存在する混血としてのアイデンティティーの混乱とジレンマが如実に示されているが、これは後に小説家として花開くことになるアードリックの方向性を示唆している。具体的には、アメリカ先住民の社会や文化は、ヨーロッパ人の侵入以来いやおうなく変化せざるを得なかったが、先住民はそれでもいまだ生き残り、耐えつづけ、部族の物語を通して過去の歴史や現在の出来事を語りつづけている。

次に、詩集のタイトル・ポエムとなった詩篇「ジャックライト」("Jacklight")を引用してみたい。ジャックライトとは、もともと狩猟や漁のための携帯用照明を指すのだが、アードリック自身が詩の冒頭で説明しているように、チッペワ語では重層的な意味合いを含んでいる。狩猟ゲームはもちろんのこと、戯れに恋をすること、レイプすること、さらには素手で熊を殺すことを意味している。もちろん、このタイトルはアメリカ先住民と白人の間の歴史とその現状を大いに暗示している。

ジャックライトの背後でやつらの白い息が匂いを放つ。

服で隠れたはらわたの塊の下でやつらの欲望が匂いを放つ。
銀色のハンマーのようなやつらの心が匂いを放つ

撃鉄を引き、用意万端で
わたしたちの誰かが開けた場所に現れるのを待っている。

わたしたちは森のはずれまでやって来た、
気づかれず、枯れた草地をあとにする、
カサリと音をたて沈黙した葉っぱをあとにする、隠れ場をあとにする。
もうここにはいられない。

今度はあいつらの番だ、
やつらがわたしたちを追いかける番だ。ほら、
やつらが装備を下におろす。
背の高い潅木のなかでは使いものにならない。

さあ、やつらが歩きはじめる、やつらは知らない
森の深奥と闇を。
森の深奥を。
(Niatum *Harper's Anthology of 20th Century Native American Poetry* 336)

車のヘッドライトに引き寄せられて轢き殺される野生の鹿のように、ジャックライトという文明を手にした白人に、チッペワ族もどんどん引き寄せられた。個人個人だけでなく、チッペワ族の社会や文化全体が同化政策や土地の略奪、すなわち消滅へと引き寄せられてゆくばかりであった。しかしながら、ジョン・ロイド・パーディ John Lloyd Purdy が指摘するように、アードリックはこの詩の中で白人と先住民の立場を逆転させる。[25] 特に最後の二連に示されるように、先住民は隠れ場所で見つかってしまうのをじりじりと待っているのではなく、今度は森の奥へと意図的に白人のハンターたちに自分たちを追わせる。もちろん先住民は深い森の住人であり、そこでは反対に白人が獲物となり、死を迎えることになる。もっとも、このような策もこの場かぎりで、必ずしも将来にわたっての部族全体の生き残りを示唆するわけではないのだが。

同年の一九八四年一〇月、アードリックは小説『ラヴ・メディスン』(*Love Medicine*)を出版

した。出版されるやいなや多方面から絶賛され、一九八五年のアメリカ書評協会賞受賞をはじめとして三つの賞を受賞した。『ラヴ・メディスン』の一部は、最初は短篇小説として『アトランティック・マンスリー』（*The Atlantic Monthly*）誌や、撰集『ベスト・ショート・ストーリー』（*The Best Short Stories*, 1983）などに収録されていた。

『ラヴ・メディスン』は、ノース・ダコタ州のチッペワ族のリザヴェーションとその周辺の潅木地帯と、風雨にさらされる大草原が舞台となっている。アードリック自身がチッペワ族と白人の混血であるように、小説にはアメリカ先住民だけでなく、非先住民をも含めたさまざまな人物が描かれている。事実、多様な声と視点を孕んだその重層的な神話的構造は、アードリックによる二冊目の小説『ビート・クィーン』（*The Beet Queen*, 1986）や、三冊目の小説『トラックス』（*Tracks*, 1988）などとともに、ウィリアム・フォークナーの小説と頻繁に比較される[26]。また、雪を含めた水のイメージが小説全体をおおっているが、チッペワ族の口承の物語に出てくる水のイメージと微妙に重なり合っているようだ。小説の中でも強調されているが、かつてチッペワ族は五大湖のほとりから、いま住んでいる荒涼とした平原に強制移住させられてきたことを考えると納得がいく[27]。

具体的には『ラヴ・メディスン』はキャシュポー家とラマティン家、ラザール家、モリシー家を中心とした、三代にわたるチッペワ族と混血の家族にまつわるエピソードから成っている。全編にわたって、登場人物たちが代わる代わるにそれぞれの視点からもつれた物語を語り、全体としてひとつの織物に織り上げてゆく。もちろん語り手は誰ひとり、周辺で起きる出来事や関係を正確に理解し、解釈する知識を持ち合わせていない。全体の洞察はわたしたち読者にゆだねられている。こういった点において、アードリックは聴衆も参加し、能動的であった伝統的なアメリカ先住民の口承文学の伝統を強く受け継いでいる。批評家ルイス・オーウェンズが指摘しているように、登場人物たちが織り上げるアイデンティティーと人間関係の精妙な織物は土地全体から立ち上がり、その中心には、つねに自分たちが誰であり、どこから来たのかというアメリカ先住民の核となる問題が横たわっている。(28) 部族のアイデンティティーを支える大地と関係を失った者は、自分を見失った者である。アードリック自身は、現代のアメリカ先住民作家と土地との関係について興味深いことを述べている。「それゆえに現代のアメリカ先住民作家は、ほかの作家とはかなり異なった仕事を抱えている。(中略) 巨大な損失という光を浴びて、彼らは大災害(文化の絶滅)の前夜に残された文化の核を守り、祝福しながらも、現代の生存者の物語を伝えなければならない。そしてこのことによって、つねに土地が残るのだ」。(Erdrich *New York Times* July 28, 1988) また、彼女の脳裏を終始捕らえて離さない思いとは、生命と関係のはかなさであると告白している。[29]

『ラヴ・メディスン』は、マリー・キャシュポーと彼女の夫ネクター・キャシュポー、そしてネクターの恋人ルル・ラマティンの交錯した人間関係を中心に、一九三四年から一九八四年にわたって描かれている。物語はリプシャの母親、ジューン・キャシュポーの描写ではじまる。彼女は絶望的な人生からリザヴェーションに戻るが、復活祭の日に吹雪の中を歩きつづけて亡くなってしまう。彼女の死をめぐって、人びとのさまざまな記憶がよみがえってくる。ところでジューンは、つねにトリックスターとして復活した女のキリストのイメージでおおわれている。[30] 人びとは彼女の死と自分との関係をなんとか説明しようとする。

ネクターは若い頃に連邦政府の学校に通ったが、一貫して俗物として描かれている。後に野心的な妻の強引な勧めによって族長になるが、年を重ねるにつれて過去の物語を忘れてしまい、意味のない数字や名前しか記憶にない。一方、ネクターの双子の弟のエリや、白人の血が流れているネクターの孫娘のアルバタインは、アメリカ先住民としての過去の物語や歴史をしっかりと把握し、インディアンとしてのアイデンティティーを保っている。彼らこそ過去を喪失することなく、自己や秩序を保ち、現在の一部である未来をも見通している。

ところで、『ラヴ・メディスン』の重要な主人公は、チッペワ族の神話に登場するトリックスター、ナナプッシュ（ナナブズュー）の現代版であるリプシャ・モリシーであろう。

ちなみにトリックスターとは、神通力を持ち、変幻自在な放浪者で、ルイス・オーウェンズによれば「あらゆる定義だけでなく、時間や空間をも超越する」（Owens *Other Destinies* 196）、ユーモアに富むこっけいな存在である。リプシャは無能であるが、人にたいして非常に思いやりのある青年である。育ての親である大伯母マリーと、大伯父ネクターの間で失われた愛を回復するための妙薬「ラヴ・メディスン」を求めて右往左往する。いろいろ考えた末に雁の心臓を求めるが手に入らず、代わりに七面鳥の心臓を手に入れる。ネクターに七面鳥の心臓を食べさせるが、過って窒息死させてしまう。

ネクターが亡くなってから一週間後に、リプシャは次のように語っている。


過去一週間でぼくは謙虚な人間になっていた。癒す力を失ったからだけでなく、心に衝撃をうけて、これからのぼくの心をずっととらえつづけるであろう知力を得たからだ。ひとたび死と直面し、自分の心の位置を理解すれば、これまでの人生とはちがった人生が見えてくる。これからは教会の放出品のバザーで買った服みたいに、自分の生を身にまとおう。気やすくだ。なぜなら、びた一文も自分の生にお金を払わなかったし、ありがたいことにこんな掘り出し物には二度とお目にかかることはないとわかっている。それに、この服は以前だれかが着ていたものだし、ぼくの後にもだれかがこれを着るんだと感じている。まだうまく説明できないけど、それは確かだと思う。

（中略）

「ラヴ・メディスンは、彼をあんたのところに取り戻すものじゃないんだ、おばあちゃん。別のものなんだ。彼は時間も距離も超越してあんたを愛していたんだ。でも、あんまり急にあの世へ行っちまったから、あんたを愛していることも、ちっとも恨んでなんかいなかったことも、あんたのことを理解していることも知らせる機会がなかったんだ。ほんとうの思いなんだ。魔術なんかじゃない。スーパーマーケットでどんな心臓を買っても、死んでゆく人を引き止めることはできなかったんだ」（Erdrich *Love Medicine* 256-257）

どうやら「ラヴ・メディスン」とは、傷ついた人などを癒す力や思いやりだけでなく、生や死を含めたあらゆるものを、ありのままに受け入れることでもあるようだ。小説の最後では、リプシャはジェーンが自分の母親だと知る。またそれまで、その存在さえ知らなかった父親であるゲリー・ナナプッシュと会う。リプシャはゲリーがカナダに逃走するのを助ける。もちろんナナプッシュという名前が示唆するように、ゲリーは脱獄を繰り返すヒーローであり、シャーマンであり、トリックスターでもある。ちなみに、ゲリーは実際に現在、警官を射殺した罪で投獄されている、アメリカ・インディアン運動の活動家レオナルド・ペルティアに非常に似ている。ゲリーは、リプシャと別れる前に告げる。「俺たち一族は、みんな心臓にこの奇妙なものをかかえている。」(Erdrich *Love Medicine* 366)[31] もちろん「この奇妙なもの」とは、人を、そしてインディアン全体を、土地を見守る能力である。

リプシャは、はじめはジューンが自分の母親であることを受け入れることができなかったが、最後には彼女が自分を捨てたことを許してやる。それだけでなく、川を渡ってジューンを家に連れて帰るつもりである。彼はようやく、インディアンとしてのあるがままの自分を受け入れることができた。それは彼がチッペワ族やリザヴェーションの中に、自分の居場所を見いだしたことでもある。

一九八六年、アードリックは大気のイメージが頻繁に現れる小説『ビート・クィーン』を出版した。ミネソタ州とノース・ダコタ州の境界に位置するアルガスという平原の町を背景に、一九三二年から一九七二年にわたって登場人物たちが代わる代わるにそれぞれの視点から物語を語る。なかでもメアリー・アデーアと彼女の兄でトリックスター的存在のカール・アデーア、それからカールの恋人セレスティーン、カールとセレスティーンの娘ドットなどが物語の中心となっているが、そこに描かれるのはみなリザヴェーションを離れ、西部の平原地帯へと移住した者たちである。

『ビート・クィーン』においては、アメリカ先住民であるということはあまり重要ではない。インディアンとしてのアイデンティティーや文化喪失、さらには人種問題は中心テーマとはなっていないのだ。たとえば、アデーア兄弟はアメリカ先住民ではない。セレスティーンは、二分の一チッペワ族の血が流れている。ドットは四分の一だけチッペワ族の血が流れており、『ラヴ・メディスン』でゲリー・ナナプッシュと結婚する。先住民であろうが、白人であろうが、異性愛者であろうが、さらには同性愛者であろうが、みな大平原という大海原に漂流している。[32] ひとりひとりが孤立した人生をおくっており、ルイス・オーウェンズが述べているように、まさに小説の中に「いままで、こんなにも生命や関係性のはかなさが表現されることはなかった。」(Owens *Other Destinies* 206)

母親に捨てられた十一歳と十四歳のメアリーとカールはアルガスに向かうが、冒頭の章の最後で離ればなれになってしまう。以後、大地のようにどっしりとした性格のメアリーは、自分の意志で養子になった家庭に自分の居場所を築く。一方、つねに根なし草のように不安定なカールは放浪をしつづける。もともとカールは落ち着くことが苦手であるが、それでも二十年後にアルガスへ妹を探しに来る。しかしそこで彼は、妹と和解する代わりにセレスティーンの一時的な愛人となり、ドットの父親となる。実は、ドットこそ小説の核となる人物である。彼女だけが、部族や人びとの間の希薄でもろい関係性をつなぎ留め、かつ蜘蛛の巣のように全体を収斂させる存在である。小説の最後では、ドットは母親の愛に気づいて家に戻る。大地の再生や肥沃をもたらす雨音を聞きながら、隣りの部屋で横になっている母セレスティーンに思いをはせる。

一九八八年、アードリックは三冊目の小説『トラックス』(*Tracks*)を出版した。これは『ラヴ・メディスン』の登場人物たちの前の世代を描いた作品である。語り手はナナプッシュとポーリーン(後のシスター・レオポルダ)である。一九一二年から一九二四年までを扱っているが、具体的にはチッペワ族が白人によって一掃されるような危機を迎えた時期である。部族の最後の森を喪失し、人びとはどのように部族として生き延びるか悩み、争った。ナナプッシュは白人に加担したこともあったが、それでもつねに威厳を持ってチッペワ族の一員として振る舞った。一方、ポーリーンは娘マリー・ラザール(キャシュポー)を捨ててカソリックの尼僧になった。後に狂ってしまったが、彼女はいかに新たな勢力が旧来のものに取って代わるかを象徴している。ちなみに、『トラックス』はアードリックが最初に構想を練った小説であり、三冊の中でもっともインディアンを中心テーマとした作品である。

一九八九年に、アードリックは詩集『欲望の洗礼』(*Baptism of Desire*)を出版した。一九九一年には、マイケル・ドリスとともに小説『コロンブスの王冠』(*The Crown of Columbus*)を出版した。その後も、小説『ビンゴ・パレス』(*The Bingo Palace*, 1994)、小説『燃える愛の物語』(*Tales of Burning Love*, 1996)、子ども向けの本『おばあちゃんの鳩』(*Grandmother's Pigeon*, 1996)、小説『レイヨウの妻』(*The Antelope Wife*, 1998)などを出版し、多彩で意欲的な創作活動を行なっている。

5　ジョイ・ハージョ

詩人ジョイ・ハージョ(一九五一―)は、一九五一年五月九日にオクラホマ州のタルサで生まれた。彼女の母親ワイネマ・ベイカー・フォースターは、チェロキー族とフランス人の血を引いている。父親アレン・W・ハージョはクリーク族である。ハージョはオクラホマ州のモスコーギー(クリーク)・ネイションの一員である。詩人として頻繁に各地でパフォーマンスしているが、ほかにテナーサックスを片手に詩を朗読するミュージシャン、脚本家、フォトグラファー、編集者などの多才な肩書きを持つ。

ハージョは都会で育つが、家庭は崩壊状態であった。子ども時代に大叔母のロイス・ハージョ・ボールからインディアンとしてのアイデンティティーを学んだ。[33] またこの時期に、詩人としての根っこのようなものを掘りあてたようだ。彼女は、サンタフェにあるインスティテュート・オブ・アメリカン・インディアン・アートで学んだ。後にニューメキシコ大学に進学し、一九七六年に卒業した。次いで一九七八年には、アイオワ大学で修士号を得た。アリゾナ大学やコロラド大学、ニューメキシコ大学などで創作を教えたことがある。子どもが二人いる。

ハージョは、ニューメキシコ大学に在学中に詩を書きはじめた。サイモン・J・オーティーズをはじめとして、シルコー、ネルーダ、アフリカ系作家、さらにはカントリー・ウエスタン、クリーク族の説教、ジャズ、ブルースなどの影響を大いに受けたらしい。[34] また、クリーク族の伝統についてハージョは次のように語っている。「それ（クリーク族の伝統）は、山ほどの記憶が眠っている隠れた心理的構造を構築している。（中略）わたしが書こうとすると、わたしのなかに一人のクリーク族が立ち現れて、しばしば加わったりするのが分かる。」（括弧内筆者）（Vizenor *Native American Literature* 280）

ハージョは一九七五年に詩集『さいごの歌』（*The Last Song*）を、また一九七九年には 詩集『どんな月がわたしをこうさせたのか』（*What Moon Drove Me to This?*）を出版した。これらの詩集には、不器用な人間関係しか保てないさまざまな人びとが描かれている。そして一九八三年、ハージョは多くの読者や批評家から注目を浴びた詩集『彼女は馬を飼っていた』（*She Had Some Horses*）を出版した。

『彼女は馬を飼っていた』には、現在のアメリカ社会において、アメリカ先住民の女性であるということはどういう事なのかが探求されている。もちろんアメリカには多種多様な先住民部族があるが、伝統的制度を維持している大半のアメリカ先住民社会では、そもそも性差による区別はなく、みな個として見なされていた。実際に現在でも、その才能や能力により部族の重要な役割を担っている女性が数多く存在している。

アメリカ先住民にはもともと職場のような公的領域と、家庭のような私的領域の区別はなかった。同時に、ヨーロッパ的価値観に見られるような性別役割の区別も、優劣もなかった[35]。政治や戦いにおける男性の役割が優れており、女性の家庭内の仕事は劣っているという発想はなかったのだ。興味深いことには、オジブワ族の女性の中には、族長をはじめとして、祈祷師、戦士などもいたという[36]。しかしながらヨーロッパからの入植者の到達以降、父権制下の女性観にほんろうされて、先住民の女性はポカホンタスに示されるような白人男性に尽くす「高貴なインディアン女性」か、ヘミングウェーの短篇小説「インディアン・キャンプ」で罵倒されるような、野蛮な「脳足りんのインディアン女」のイメージに塗り込められてしまった。

では具体的に、現代社会の中にあって、アメリカ先住民としての伝統的女性像を取り戻すこととは、いったい何を意味するのであろうか。それは、部族の世界観に深く根ざした視点に、詩の源泉を求めることではないだろうか。つまり、かつて多くの先住民部族の世界観において不可欠であった、自然との深い結びつきを持つ女性原理を、詩作の原動力のひとつとすることである。

ハージョは『彼女は馬を飼っていた』の中で、現代の先住民女性が抱えるさまざまな問題を炙り出している。たとえば、詩篇「ナイト・アウト」（“Night Out”）では、アルコール中毒から抜け出せない女性たちを描いている。また、詩篇「十三階の窓に吊り下がっている女」（“The Woman Hanging From The Thirteenth Floor Window”）では、人生において自ら何の決定もできずに、自殺することばかり考えている女性を描いている。女性は実際に自殺するのか、あるいは自らの意志で生きることを選択するのか、詩の結末は曖昧なままである。だが、詩篇「アルヴァ・ベンスンへ、そして話すことを学んだ者たちへ」（“For Alva Benson, And For Those Who Have Learned To Speak”）[37]では、ハージョは女が子どもを産むことを、大地の循環と同一視している

（「彼女が生まれたとき大地がしゃべった。／分娩する母親はそれを聞いた。ナヴァホ族のことばで母親は応えた／地面にしゃがんで産もうとするときだった。まさにそのときだった、／大地は何度も何度も大地を産みだした／女たちの股の間から。」）（Harjo *She Had Some Horses* 18）ナヴァホ族の神話の中心には、豊穣や新たな生命の誕生をもたらす母なる「変わり女」[38]が存在するが、子どもを産みだすことは、まさに大地の誕生や再生や循環そのものである。

次は、詩集の表題詩「彼女は馬を飼っていた」（"She Had Some Horses"）である。

彼女は破滅を待っている馬を飼っていた。
彼女は復活を待っている馬を飼っていた。

彼女は馬を飼っていた。

彼女は救世者の前でひざまずく馬を飼っていた。
彼女は自分たちは高額だから命を救われたと思っている馬を飼っていた。
彼女は女を助けようとして夜、女のベッドに忍びこみ強姦したあと祈りを捧げた馬を飼っていた。

彼女は馬を飼っていた。

彼女は大好きな馬を飼っていた。
彼女は大嫌いな馬を飼っていた。

これらはみんな同じ馬だった。

(Harjo *She Had Some Horses* 64)

先住民の世界観では、ここで示される馬のようにわたしたち人間も本来は、たとえば善と悪、愛と憎しみ、男性性と女性性など両極の要素を内包し、かつそれらを融合した存在である。ハージョは、ヨーロッパの価値観や世界観などの影響で二極に分裂してしまった世界や自我などを解体し、その代わりに調和と均衡の取れたひとつの全体性へと収斂させることを望んでいる。一九八九年、ハージョは詩集『世界の中心の秘密』(*Secrets from the Center of the World*)、また一九九〇年には、詩集『激しい愛と戦いのなかで』（*In Mad Love and War*）を出版した。『激しい愛と戦いのなかで』では、ハージョは先住民にたいするこれまでの抑圧と弾圧の歴史や記憶を、現代の先住民の状況と重ね合わせている。同時に、慈愛や、人間が内に抱える残虐さ、また自然の美しさなどが、視覚的で説得力のある文体で描かれている。そのほか、ハージョは一九九四年には、詩集『空から落ちた女』（*The Woman Who Fell from the Sky*）、また一九九七年にはグローリア・バード Gloria Bird とともに、現代の北米の先住民女性作家の作品を集めた撰集『敵の言語を創り直す』（*Reinventing the Enemy's Language*）、二〇〇〇年には詩と物語を編んだ本『つぎの世界への地図』（*A Map to the Next World*）なども出版した。一九九七年には、自ら率いるバンド、ポエティック・ジャスティスとともに、CD『二〇世紀末からの手紙』（*Letter from the End of the Twentieth Century*）を発売している。

6　ヘェメヨースツ・ストーム

ヘェメヨースツ・（チャック・）ストーム（一九三五―　）は、『七本の矢』（*Seven Arrows,*

1972）と『ヘヨーカーの歌』（*Song of Heyoehkah*, 1981）の二冊の本をこれまでに出版した。『七本の矢』は、ハーパー・アンド・ロー社のアメリカ先住民出版プログラムの記念すべき一冊目だった。出版されるやいなや、多くの称賛を受けた。しかしながら時が経つにつれて、本は次第に物語に描かれる先住民の史実と民族学的な正確さ、さらにはアメリカ先住民作家が部族の承認を得ずに勝手に部族の歴史を解釈し、描写する権利に関することなどをめぐっての、さまざまな物議をかもすことになった。[39]

ヘェメヨースツ・ストームは、一九三五年五月二十三日にモンタナ州のレイム・ディアで生まれた。ノーザン・シャイアン族の血を引いており、父親は大工のアーサー・チャールズ・ストームである。母親はパール・（イーストマン・）ストームである。ストームはモンタナ州のシャイアン族とクロウ族のリザヴェーションで育った。ビリングスにある、イーストマン・モンタナ・カレッジで教育を受けた。子どもが四人いる。一九六九年に『七本の矢』を執筆しはじめる前は、ストームはカウボーイや、きこり、狩猟のガイドなどさまざまな仕事に就いていた。彼は現在、アイオワ大学で教鞭をとる傍ら、全米をまわりアメリカ先住民について講演している。印刷物を残してしまったことを悔いているようであり、ストーム自身は自分にレッテルを貼られることを嫌っている。強いて言えば、彼はかつての移住しつづけるインディアンのように、自らを探求しつづける放浪者、口承伝統の継承者、癒しをもたらす者などとして捉えたいようだ[40]。

一九七二年、ストームは口承の寓話と彼自身の創作による物語から成っている著書『七本の矢』を出版した。一七八〇年代から三十年間を頂点に、シャイアン、クロウ、スー族といった名で知られている平原インディアンの人びとが、何世代にもわたって巻き込まれていった、白人との戦いとその屈辱的な敗北を背景に、アメリカ先住民の死と再生が描かれている。ストーム自身はこの本について、まえがきで次のように語っている。

> 『七本の矢』は、たくさんの古い物語から成り立っている。これらの物語は、サン・ダンスの教えの意味を伝えるために語られる。みんなに理解、会得してもらうためなのだ。われわれには文字がなかったので、これらの物語は記憶され、数えきれないほど多くの世代を生き、語り継がれてきた。
>
> 動物の物語もあれば、人間の物語もある。ネズミの物語があれば、狼の物語もある。アライグマやカワウソ、時にはバッファローの物語でもある。「これらの物語は、ほとんどが寓話の形をとっており、出てくるものはすべて何かの象徴である。」あなた自身のメディスンは何であるのか、あなたは何を考え、何を求めているのか。それらを探求する過程で、あ

なたにはそれらが何を象徴しているのか分かってくるだろう。(Storm *Seven Arrows* 10)

ちなみに、メディスンとは文字通り薬を指すが、阿部珠理が訳書『セブン・アローズI』の解説で述べているように、それは「人々を癒すもの全般を指す。太陽や空気や水のように、万人を癒す普遍的なメディスンもあれば、個々人で異なる問題や病を癒す、個別的なメディスンもある。」(阿部『セブン・アローズI』一八二)また、おのおのが持つ固有の性格や資質を意味することもあるし、自分を守ってくれる力を意味することもあるそうだ。同様に、『七本の矢』のまえがきには、平原インディアンの社会における楯や力などの説明もあるが、それらはすべてとどのつまり、彼らが魂の拠り所としているメディスン・ホィール(聖なる輪)の教えに通低する。

この、「聖なる輪の教え」は、ネイティブたちの生き方と考えをもっとも端的に表わすものであり、一人一人の人間が成長し、人として道を全うするためにある。すなわち、この根本は、山川草木、動物、人間、自然界のあらゆるものの命が、つながっており、大きな輪を創っているということだ。その輪の中で他のすべての存在と調和的に生きてこそ、人は初めて「完全な人」となるのだが、そうなるためには人は、東西南北にある輪を旅し、それぞれ、悟り、内省、信頼、智恵の資質を自分のものにしなければならない。さらに父なる天の輪、母なる大地の輪、そして、それら六つをつなぐ七つめの宇宙の輪、全部を循環して、自己の成長の輪を完成する。完成した輪は、実は全宇宙と一体の自分自身にほかならない。この本のタイトルともなっている『セブン・アローズ』の七は、だから聖なる数なのである。全部の輪を廻り終えて、人は結局、自分自身に戻ってくる。

（阿部『セブン・アローズI』一八二）

さて、具体的に物語はしのびよってくる白人の気配に動揺する、ホワイト・シールドの一族の描写ではじまっている。先住民は白人との戦いに敗れて人や土地を失うだけでなく、信仰や世界観を崩壊させ、その魂をも失ってしまうのであろうか。族長ピース・チーフは少年ホークを含む子どもたちに、聖なる力を求めて旅をする一匹のネズミの物語を語り聞かせる。

ある日の日の出時刻に、サンド・クリークに何百人もの白人兵士が銃声とともにやってきた。兵士たちは男たちを、女たちを、子どもたちをつぎつぎと虐殺していった。しかしそれでも、サンド・クリークの戦いを生き延びた者たちがいた。ホークは生き残って成人し、ヴィジョン・クエストの旅をしようとする少年の後継人のひとりとなる。ヴィジョン・クエストとは、少年が大人になるための一種のイニシエーションの儀式なのである。無事ヴィジョン・クエストを済ませた少年には、ナイト・ベアという新たな名前と楯が与えられる。ホークはナイト・ベアに、メディスン・ホィールなる先住民のさまざまな叡知を語り継いでゆく。また、真夏の満月をはさんで四日間草原で飲まず食わずで、日中は太陽を目に踊りつづけ、最後の日には胸に突きささった鈎を革紐につなぎ、その胸の肉が裂けるまで踊らなければならないという、再生の時と呼ばれるサン・ダンス[41]などについても若者たちに伝えられる。サン・ダンスを耐えた者は、すべての人の苦痛を昇華し、本物の戦士になる[42]。

ちなみに、白人の侵略後、サン・ダンスは白人の脅威を前に、部族を統合し、先住民の誇りや伝統を確認するだけでなく、それらを保持するための宗教的、精神的色合いの強い儀式にもなっている。

数々の物語が、次の世代のシンギング・ロックやグリーン・ファイヤー・マウスへ、またグリーン・ファイヤー・マウスから孫のロッキーへと語られてゆく。自らの進むべき道に再び目覚めた先住民は、もちろん現代に至っても、その魂や英知を連綿と受け継いでゆくのである。

ところで、『七本の矢』と『ヘヨーカーの歌』の執筆中、ストームは白内障を患っており、ほとんど目が見えなかったという。ストームを中傷する者たちが攻撃したように、確かに彼は本の執筆中、歴史書や民族学に関する資料に目を通すことができなかった。事実、ロバート・F・セイアー Robert F. Sayre が述べているように、シャイアン族の物語についての知識やその解釈を、彼がかつて読んだというジョージ・バード・グリネル George Bird Grinnel の書き物と、耳にしてきた口承の物語の記憶に頼ったそうである。[43] タイプライターを使って草稿を執筆し、それを友達と妻に音読してもらいながら修正、編集した。完成した本のスタイルは、ストームの目が悪くなる前に読んだという、低俗の西部劇小説（パルプ・フィクション）に似ているという。[44]

しかしながら、それでも『七本の矢』はユニークな本である。歴史小説と部族のヴィジョンをうまく混ぜ合わせた物語は、寓話であったり、あるいは教義となったりするが、結果的には普遍的な意味を読者に与える。物語のところどころに差し込んであるE・S・カーティス E. S. Curtis やカレン・ハリス Karen Harris などによる写真や絵などは、みごとに物語と一体化し、単に文章の説明となるだけでなく、物語全体を引き立てている。もっとも、カレン・ハリスの色鮮やかな絵は、本物と較べてサイケデリックだと言う者もいることは付け加えたほうがいいだろう。[45] 加えて、ストームが描いたシャイアン族と部族の伝統や信仰などには多分に誤りがあると、シャイアン族や人類学者のジョン・H・ムーア John H. Moore などは指摘した。[46]

一方、ヴァイン・デローリア・ジュニアに代表されるように、『七本の矢』はアメリカ先住民文学に新たなページを開いたと評価する者もいる。[47] 事実、『七本の矢』はインディアンが抱える世界観や意識をうまく表現し、数多くの人を引きつけた。先住民の信仰や価値観が描かれているが、そもそもこの本は宗教書ではない。しかしながら最後に特筆すべきことは、近年では多くの評論家がストームの行為にたいして懐疑的である。ウィリアム・C・スタータヴァント William C. Sturtevant は、作家個人が主張するインディアンとしてのアイデンティティーは、スー族やアパッチ族やチェロキー族にはなんの得もない、[48] と言っている。

一九八一年、ストームは『ヘヨーカーの歌』を出版した。この本も先住民の世界観や信仰心を中心に描かれており、『七本の矢』と同様に多くの問題点を孕んでいる。説教やシンボルが随所に散らばり、全体が平板になっている。しかし、前作とは違ってあまり論争の的とはならなかった。

現在、ストームは白内障の手術を受け、視力を回復したそうだ。なお、出版された二冊の本のほかに彼は、戯曲『玉の道』（*Beaded Path*）や短篇集『信じられる鏡』（*Reliability Mirrors*）、またペンネームで『賢者の船』（*The Magi Ship*）を書いたが、いずれも出版されていない。

7 リンダ・ホーガン

詩人で作家で、エッセイストでもあるリンダ・ホーガン（一九四七―）は、一九四七年七月十六日にコロラド州のデンバーで生まれた。父親はチカソー族である。母親は、ネブラスカ州出身である。ホーガンはコロラド州のコロラド・スプリングスや、かつて一族が住んでいたというオクラホマ州などで子ども時代を過ごした。ドイツに住んでいたこともある。家には本が一冊もなかった、とホーガン自身は述べている。[49] だがその代わりに父親や叔父がさまざまな物語を語ってくれ、それらが後に彼女の作家としての根っことなり、彼女の書き物を豊かなものにしたようだ。

二〇代のはじめにホーガンはカリフォルニア州に移り、看護婦の助手をした。落ち着くと、成人教育のクラスに通いはじめた。後にメリーランド州に居を移し、そこで詩を書きはじめた。一九七五年に大学にて学びはじめた。その後、コロラド大学の大学院の英文科と創作科から修士号を得た。ミネソタ大学やコロラド女子大学などで教壇に立ったことがある。現在は、コロラド大学の教授である。養子の娘が二人おり、すでに孫もいる。コロラド州のアイドルデールに在住。ホーガンは、これまでに全米図書賞やオクラホマ図書賞をはじめとする数多くの賞を受賞した。

詩人としてホーガンは、生そのものを示唆する自然の美しさや、自然が持つ力に強い関心を示す。大地や動物たちは、つねにわたしたちを慈しんでくれる。また、生涯ホーガンが追求することになるフェミニスト詩人としての視点は、この混沌とした時代にあって、いかに大地や自然界と人間の関係が、また人と人との関係が心もとなく複雑になっているかを示唆する。(50) 大地に抱かれ、自然界に寄りそって生きるというチカソー族の伝統は、ホーガンを先住民が抱える問題を鋭く描く作家はもとより、現代社会における弱者や、瀕死の状態にいたっている自然界などにたいする深い思いやりを示す作家へと、大きく飛躍させたようだ。

一九七八年、ホーガンは詩人としての地位を確立した詩集『自分自身を家と呼ぶ』(*Calling Myself Home*)を出版した。この詩集には、オクラホマ州の風景が愛情をもって描かれている。具体的には、数多くの詩篇に、つねに移動しつづけながら暮らしてきたチカソー族や、家族にたいする強い愛着と、自らのアイデンティティーの探求が示されている。特に、甲羅という家で身を守り、隠れながら移動する亀は、チカソー族はもとより、チカソー族の女性、ホーガンの家族、そしてホーガン自身のメタファーとなっている。たとえば、亀の甲羅を身につけて、癒しの儀式で踊るチカソーの女性を描く詩篇「亀」("turtles")には、フェミニスト詩人としての視点がすでに色濃く表われている。同時に、詩集は現代アメリカ社会の過酷な現実にも目を向ける。詩篇「祝福」（"Blessing"）には、不当な貧困の状況が皮肉をこめて描かれている。

一九八一年には、詩集『娘よ、大好きだよ』（*Daughters, I Love You*）、また一九八三年には詩集『日食』（*Eclipse*）を出版した。これらの詩集には、ホーガンがほかの詩集や小説で探求することになる、母親と娘の関係が描かれている。母親は、娘が苦しむのを見るだけで、何もできず苦悩する。核に象徴される恐怖にさらされている現代社会の中にあって、母親は無能であり、ただ娘が自立してゆくのを見届けるのが精一杯だ。しかしその痛みをともなう関係は、愛情あふれる関係でもある。

一九八五年には、ホーガンは詩集『太陽を通して見る』（*Seeing Through the Sun*）にて、全米図書賞を受賞した。次は詩篇「砂漠」（"Desert"）である。

これが大地だ、
肌をあらわにして広がっている
女が娘たちに種まきを伝えるようだ、
蟻も

蜘蛛も住処にいる。
女は娘たちに伝える
土を耕し、一粒ずつ種をまく。
心をこめて種をまく
種は娘たちの手から育ってゆく。

娘たちは機織りをならう
レースを編む、
サボテンの白い刺と
背骨、
太陽の熱
それから夜の裸の月をレースに編み上げる。
いちばん年上の子どもが歌う
風にそっくりな哀しみの歌を編み上げる。

これは砂になってしまった森
そして時は過ぎ去ってゆく。
虫たちが自分の体から放った
水分を飲む。
身を縮ませている冬のサボテン、
一滴の水が
乾いた砂からわき上る。
わたしは娘たちに伝える、
わたしたちは女だ、
何百マイルもつづく緑の草原が
わたしたちの皮膚から大地に広がってゆく。
赤い空はわたしたちの爪先までつづき
大地はわたしたちの頭上からはじまる。

（Hogan *Seeing Through the Sun* 44）

ホーガンは女性を新たな生の源として捉えている。循環と再生を示唆する宇宙や大地こそ、先住民の世界観において女性性ともっとも強く結びついているものだ。ここでは、大地は単なる詩や物語の背景ではなく、あまたの生を産み出し、詩や物語に形を与えるものである。大地は過去と現在、その伝統や文化、そしてそこに存在するすべての生きとし生けるものをまるごと抱えこんでいるのだ。人間世界や個人を大いなる宇宙や大地と結びつけることによって、古代から延々とつづくすべての生が息づき、永遠に循環される。

ホーガンの作家として注目すべき点は、その書き物の視野の広さであろう。シルコーやハージョなども示唆しているが、女も男も、宇宙をふくめたこの世界で生き残るためには性差や人種、民族、階級、世代、宗教、国籍、性的傾向などを越えてお互いを受け入れ、そしてお互いを愛し合わなければならない、と主張している。この点において、ホーガンは言語の力を信じているのではないだろうか。言語には、詩篇「女が話す」（"The Women Speaking" in *Eclipse*）が示すように癒す力もあるが、詩篇「フォークソング」（"Folksong" in *Seeing Through the Sun*）に見られるように、破壊する力もある。

一九八八年に、ホーガンは詩集『たくわえ』（*Savings*）を出版した。そして一九九〇年、ホーガンは最初の小説『卑しいこころ』（*Mean Spirit*）を発表した。『卑しいこころ』は、オクラホマ州図書賞などを受賞した。

一九九三年には、詩集『メディスンの本』（*The Book of Medicines*）を出版した。つづいて一九九五年には、小説『太陽のあらし』（*Solar Storms*）と、はじめてのエッセイ集『家』（*Dwellings*）を出版した。詩的言語にあふれた『家』には、大地に抱かれて息づくわたしたち人間をはじめとする、鳥やコウモリ、蛇など、さまざまな生が息づく自然界での人間のありようが模索されている。また、一九九八年には小説『パワー』（*Power*）を出版した。

8　ウェンディ・ローズ

ウェンディ・ローズ（一九四八—）は、一九四八年五月七日にカリフォルニア州のオークランドで生まれた。彼女は詩人であり、画家であり、人類学者でもある。父親はホピ族である。母親はスコットランド人とアイルランド人とミウォーク族の血を引いている。カトリック教徒として、母親に育てられた。ローズは自らの生い立ちについて、幼児虐待を容赦なくつづけた父から物理的に離されただけでなく、自分を育てたはずの母親からは拒否された、と述べている。(51)また、エッセイ「けばけばしい都会の傷あと」("Neon Scars") でも、次のように語っている。

「わたしはたじろいでしまう。家族がいないからだ。わたしはいつも人から遠ざかるか、人を求めてうろついていた。子どものときは、虐待や、卑わいな言葉から、よく逃げだしたものだ。いつも分かっていた。もし遠くまで逃げれば、葉っぱや虫や鳥、それからそよ風が、わたしを自分の本当の家に連れていってくれるかもしれないと思っていた。わたしは人の世界には自分の居場所がないことが分かっていた。(中略) わたしはいつも自分の居場所と人を捜し求めていた。そしてそれを父にもとめた。ホピ族は思いやりのある人びとだった。しかし口数は少なかった。彼らは母系制だった。だからわたしは、単なるホピ族のある男の娘にしかなれなかった。(中略) わたしは警察に自分を孤児院に連れていってくれと頼んだ。しかし、いつも送り返された。しだいに、すべて自分が悪いのだと分かってきた。もちろん両親が不幸なのは、自分のせいだった。」(Vizenor *Native American Literature* 95-102)

ローズは、コントラ・コスタ・カレッジで学んだ。後に、カリフォルニア大学バークレー校に進学し、人類学で博士号を取得した。カリフォルニア大学バークレー校などでアメリカン・インディアン研究を教えたことがある。現在、フレスノ・シティー・カレッジのアメリカン・インディアン研究のコーディネーターである。彼女は『アメリカン・インディアン・クォータリー』

（*American Indian Quarterly*）誌の編集長でもあった。

一九七五年に出版されたドゥエィン・ナイタム編集による、アメリカ先住民文学撰集『夢の輪を運ぶ者』に収録された詩篇と水彩画で、ローズははじめて注目を浴びた。以来、彼女はつねに資本主義社会の中で搾取され、権利を奪われ、虐げられてきたアメリカ先住民、特に女性などの代弁者としてペンを執っている。一九九四年に出版された詩撰集『骨のダンス』（*Bone Dance: New and Selected Poems, 1965-1993*）の背表紙で、ローズ自身次のように語っている。「わたしは、しばしば〈抵抗詩人〉と言われてきた。あまりにもぴったりとレッテルを貼られてしまい、少しまゆをひそめるしかない。大部分はほんとうだからだ。」（Rose *Bone Dance: New and Selected Poems, 1965-1993*）まさしく、ローズの詩は既存の体制に安易に妥協することなく、先鋭的で力強い。そして、おそらくローズのこのような姿勢は、きわめて個人的なところに、その根幹を持つのではないだろうか。彼女は自らのアイデンティティーを捜し求めることを、階層化した社会の中で底辺をはいずり廻る弱者に焦点を当てることに換言しているのだ。

さて、ローズはすでに十冊以上の詩集を上梓している。また彼女の詩は、数多くの文学撰集に収められている。詩を書きはじめた頃は、シュロン・カンシェンデル Chiron Khanshendel というペンネームを使っていた。一九七三年、ローズは最初の詩集『ホピ・ロードランナー・ダンシング』(*Hopi Roadrunner Dancing*)を出版した。この詩集には、彼女のホピ族としてのアイデンティティーの模索が描かれている。たとえば、ローズは詩篇「父よ」("Oh Father")では、必死にホピ族の父親との絆を見いだそうとしている。

一九七六年、ローズは詩集『長い境界線』(*Long Division*)を出版した。また、翌年の一九七七年、ノーマ・C・ウィルソン Norma C. Wilson によれば、ローズと彼女の夫、アーサー・ムラタは、アリゾナ州までローズの父親に会いに行った。[52] この体験を書き綴った詩篇を中心に、彼女は一九七九年に詩集『ビルダー・カチナ』(*Builder Kachina*)を編んだ。父親とアリゾナの土地は、彼女にそれまで断片的であった自らの生に意味を与えてくれたようだ。こういった点において、この詩集はほかのどの詩集より大地に根ざしており、祝祭的である。ローズは自分自身を、アイデンティティーを喪失した「都会のインディアン」(Rose *Bone Dance* 10)と呼んでいたが、父親から、都会に住んでいても、ホピ族としての尊厳は決して失うことがないだけでなく、自らの根っこをそこで育てることができると学んだようだ。

一九七七年、ローズは詩集『アカデミック・スクウォー』(*Academic Squaw*)を出版した。また、一九八〇年には詩集『失われた銅』(*Lost Copper*)を出版した。これらの詩集には、インディアンの骨などを売り買いする美術館などが象徴する、白人文化の支配や抑圧にたいする鋭い批判などが繰り広げられている。

次は、『失われた銅』に収録されている詩篇「インディアンになる白人の詩人のために」（"For the White Poets Who Would be Indian"）である。

たった一度だけ
ほんの少しのあいだ
わたしたちは
釣針にかかっている
言葉に食らいついてみる。
あなたたちがようやく
わたしたちに気づくのは
一瞬だけ観光気分で
大地にひざまずき
気高くなり
わたしたちの魂に近づくときだ。

言葉で
あなたたちは顔を塗りたくる。
雌ジカの皮をかむ、
まるで母親を分かちあうことが
すべてであるかのように
胸を木に押しあてる、
簡単に原初の
知識を得られるというわけだ。
あなたたちがわたしたちのことを考えるのは
あなたたちの声が
自分たちの先祖を求めるときだけ、
その後で
あなたたちは傍観しつづける。
それから先住民になる。
あなたたちは詩を書き終え

帰ってゆく。

(Rose *Bone Dance* 22)

ローズの詩人としての視界は、次第に広がってゆくようだ。単にホピ族の一員として詩を書くことから、アメリカ先住民全体に、さらにはアメリカに住むすべての人々に彼女の興味は移ってゆく。一九八二年、ローズは詩集『ホピ族がニューヨークに着いたら何が起こったのか』(*What Happened When the Hopi Hit New York*) を出版した。この詩集は、アメリカ全土を旅したローズの心の軌跡である。カリフォルニアからホピ族のリザヴェーションへ、それからアラスカ、シカゴなどを経てブルックリンへ、そして最後には再びカリフォルニアに戻ってくる。洞察力に富んで、不思議な可笑しさをたたえた文体で、ローズは数多くの土地とそこに住むさまざまな人々の生きざまを描いている。

一九八五年、ローズは詩集『混血児の年代記』(*The Halfbreed Chronicles*) を出版した。ローズはこの詩集の中で、文明化された欧米文化において搾取されつづけてきた、さまざまな人々の過酷な状況を検証する。数多くの登場人物が描かれているが、なかでもツルガニニや、ユリコ、ジュリアなどは、恐怖を抱えた現代における被害者である。たとえば、オーストラリアに住んでいた最後のタスマニア人のツルガニニを描いた詩篇「ツルガニニ」（"Truganinny"）には、剥製にされて展示された夫の悲劇をなげき、自分が死んだときには、奥地か海辺に埋葬されることを願うツルガニニの思いが切々と描かれている。しかし、死を迎えた彼女を待ち受けていたのは、剥製化と八十年以上にわたる展示品としての自らの存在である。

一九九三年、ローズは詩集『モホーク族はホピ族に何を言わせたのか』（*What the Mohawk Made the Hopi Say*）と、詩集『血族がこぞって戦いにゆく』（*Going to War with All My Relations*）を出版した。また、一九九四年には前述の詩撰集『骨のダンス』を出版した。

9　レイ・A・ヤング・ベア

レイ・A・ヤング・ベア（一九五〇―　）は、一九五〇年十一月十二日にアイオワ州の中央に位置する村落テイマから数マイル離れたマーシャルタウンで生まれた。テイマの近くにあるメスコーキ（レッド・アース・ピープル）・トライバル・セトルメントで育った。（メスコーキ族は、かつてフランス人の入植者によって、ある家族の名前を取り、間違ってフォックス族と呼ばれた。以来、フォックス族とも呼ばれる。）彼は、現在もメスコーキ部族居留地に居住している。ちなみに、ヤング・ベアの曾、曾祖父が、聖なるチーフマンとして一八五〇年代にアイオワ河沿いにある、ソーク族とメスコーキ族がもともと住んでいた八〇エーカーの土地を居住地として購入した。現在は、幾度も購入を重ねた結果、メスコーキ部族居留地の面積は約三千エーカーにもおよぶそうだ。(53)

ヤング・ベアは、一九六九年から七一年までポモナ・カレッジで学んでいた。一九七一年に、アメリカ先住民に関する会議に参加していたジェームズ・ウェルチとドゥエィン・ナイタムに出会った。彼は、アイオワ大学、グリネル・カレッジ、ノーザン・アイオワ大学、またアイオワ州立大学でも学んだことがある。一九八四年には、インスティテュート・オブ・インディアン・アートで、また一九八七年にはイースタン・ワシントン大学、一九八九年にはアイオワ大学、そして一九九三年と九八年にはアイオワ州立大学で教壇に立ったことがある。ヤング・ベアは一九八三年に妻ステラと、アーツ・ミッドウエスト・ウッドランド・ソング・アンド・ダンス一座を設立し、現在その歌手でもある。

ヤング・ベアの母語はメスコーキ語である。彼は、祖母から詩の影響を受けて十代に入ってから真剣に英語で詩を書きはじめた。最初はメスコーキ語で考えてから、次に英語に訳した。現在はこのやり方では書いていないという。

一九六八年、ヤング・ベアの詩がはじめて『サウス・ダコタ・レヴュー』誌に掲載された。なお、ほかの部族と比べると、メスコーキ族は文化的にも、また言語的にも独自性を維持しているらしい。おそらくヤング・ベアの詩作の根っことなる動機は、自らのメスコーキ族の声を認識するだけでなく、次の世代に伝え、保つことではないだろうか。また、歴史上、メスコーキ族はかつてブラック・フォークのような族長を先頭にして、さまざまな敵と戦ったことがある。ヤング・ベアは、そのようなウッドランドの先祖を誇りにしており、実際詩の中でもそれらの勇者を讃えている。

同時に、ヤング・ベアの詩には、西欧のシュールリアリズム、あるいは夢のような要素も多分に垣間見られる。ある意味では、メスコーキ族の伝統文化とそれらの超現実的な描写の混在は、彼の詩を難解なものにさせている。事実、一九八〇年に詩集『山椒魚の冬』(*Winter of the Salamander*)、そして一九八九年に詩集『見えない音楽家』を出版したが、特に『見えない音楽家』に収録されている詩のいくつかは、現実と非現実が混じり合っているだけでなく、英語とメスコーキ語で書かれており、理解するのがかなり難しい。ヤング・ベア自身それを承知しているのだろうか、詩集の後ろには解説が加えられている。「見えない音楽家」とは、ヤング・ベアの祖母や祖父たちが象徴する、メスコーキ族の歌い手であり、大切なものを保持する者である。そして「音楽家」という言葉が示すように、詩集の重要な要素のひとつは、まさに言葉が織り成す音の美しさである。

さて、『山椒魚の冬』には約八十篇の詩が収録されている。ウッドランドや、霊力が宿っていると考えられている、山椒魚の再生する力やその生態などが描かれている。また、ヴェトナム戦争などを起こした現代社会と、メスコーキ族の世界観や伝統が、どのように自らの生に影響を与えてきたかも検証されている。現実と夢のようなヴィジョンの中に、大地とそれに抱かれた人間のありさま、そして人間の本性が鋭く描かれる。

次は詩篇「家にもどる」（"coming back home"）である。

わたしのなかのどこかに
ひとつの記憶がある
祖父が食料をもとめて
早春の夜
忍びよって

こまどりを捕まえている。
雪は降りつづき
子どもたちが外にあつまってくる、
わたしはずっと考えているあいだ
窓に
霜がつくのを
その老人は見る。
わたしたちは一緒にすわる
それから部屋があたたかくなり
話に熱中すると
いつかは消えてしまうものたちについて
想像してみる。
老いた男は人々を訪ね歩く
一軒ずつ立ち寄り、

どうしてその女が道具を手にして
まるで自分のからだのように使うのか
さっぱり分からないからだ。
老人が言うには、
彼らは女のことがあまり好きじゃない、
あいつはぴったりした服をきて
裸足でおどる、
ちいさな黒い機械に歌を入れておく。
そうやって息をして歌をはなつ。
すぐに同じように老いた連中が
刑務所からでてくるだろう、
そしてまた戻っちまう。
木々はおいしい水を流す
それからつらい仕事がまっている。
存在や意図を伝える方法は

間違いだらけだ
わたしたちは老人がだした結論で
すべてを包みこんだ
彼はときどき
すこし手をふって
混乱を収拾しながら言ったものだ、
そのままにしておいてくれ。
だれにも分かりゃしない。
わたしは窓に指をおしあてた
その日に五つのはっきりした答えがのこった
そいつが
吠えながら道を走ってゆく。

（Vizenor *Native American Literature* 276-277）

ヤング・ベアは、一九九二年に伝記『ブラック・イーグル・チャイルド――フェイスペイントの物語』(*Black Eagle Child: The Facepaint Narratives*) を出版した。一九九七年には、小説『最初の大地のなごり』(*Remnants of the First Earth*) を、また二〇〇一年には詩集『ロックアイランド・ハイキング・クラブ』(*The Rock Island Hiking Club*) を出版した。そのほか、彼は伝統的なメスコーキ族の歌を編んだカセット、『ウッドランドの歌い手』(*The Woodland Singers: Traditional Mesquakie Songs*, 1987) も発売している。

10　トーマス・キング

トーマス・キング(一九四三―)は、カナダの著名な先住民作家のひとりである。彼は、一九四三年四月二十四日にカリフォルニア州のサクラメントで生まれ、ローズヴィルにて母親キャスリン・K・キングの手で育てられた。キャスリンはギリシア人とドイツ人の血を引いている。父親、ロバート・ハント・キングはチェロキー族である。

キングは、ローズヴィルにある高校を卒業した。二十一歳のとき、オーストラリアやニュージーランドに行き、そこでフォトジャーナリストとして働いた。アメリカに帰って来た後、ボーイング社で働いた。その後、カリフォルニア州立大学チコ校の英文科で学び、一九七二年には修士号を取得した。また一九八六年には、ユタ大学のアメリカ研究と英文科の博士号を取得した。カナダのアルバータにあるレスブリッジ大学で教壇に立ったことがある。一九八九年から、ミネソタ大学でアメリカ研究と先住民研究を教えている。なお、キングは一九七〇年に結婚したが、一九八一年に離婚してしまった。現在は、ヘレン・ホイと同居し、二人の子どもとともにカナダのオンタリオ州に住んでいる。

キングは、一九九〇年に最初の小説『メディスン・リヴァー』（*Medicine River*）を出版した。物語は、アルバータにあるブラッド・リザーヴの近くの架空の町が舞台となっている。ちなみにカナダとアメリカの保留地は、さまざまな点で似ている。評論家のエイ・ラヴァン・ブラウン・ルオフは小説について次のように述べている。「多くの二〇世紀のアメリカ・インディアンの小説の主人公のように、キングの主人公ウィルは、自分自身と家族、それから故郷のインディアンと混血のインディアンについてもっと知りたがっている、消極的な混血の先住民である。母親はインディアンであるが、ウィルは次第にメディスン・リヴァーの人びとに巻き込まれてゆく。」（Wiget *Handbook of Native American Literature* 459）

キングは、リザーヴやその近辺の町に住む人びとの生活を正確に描いている。また、笑いを誘う道化的なトリックスターは、彼の小説に欠かせない登場人物となっている。たとえば、ハーレン・ビッグベアは、故郷に帰ってきたウィルの友達であるが、こっけいで愛すべき男である。彼は冒険心に富み、ウィルにつねに見当違いのアドバイスをする。また、メイディーン・ジョーは、知恵遅れで頑固なトリックスターである。

次は、遊びの基地となっている地下室で、メイディーンが少年たちを出し抜く場面である。

ヘンリーと僕はジェームズを乾燥機からだしてやった。彼は鼻血をだしていた。それにヘルメットは目のところまで、ずり落ちていた。僕たちは流しまで彼をつれていった。顔の血をほとんど取ってやった。彼は泣かないようにこらえていた。僕は、お母ちゃんが僕を見ているのに気づいていた。

「あいつ、自分でやりたかったんだよ。やめろと言ったんだ。だけど、やっちまった。」

「そうなんだ」とヘンリーが言った。「メイディーンが悪いんだ。あいつがやるわけだったんだ。だけど、いやがったんだ。なにしろ狂ってるからさ。」

母は立ちつくし、ヘンリーと僕とジェームズを見つめた。ジェームズはシャツの端で血を止めようとしていた。

「メイディーンはどこなの」、母は言った。

彼女は地下室にいなかった、いなくなってしまった、と最初はおもった。すると、気がつくと彼女がケラケラ笑っていた。彼女は乾燥機のなかにいた。仰向けになって膝をかかえていた。

「おい、そこからでてこいよ。せんたく物がよごれてしまうじゃないか。」

「そうだよ」とヘンリーが言った。「さっきは乾燥機のなかに入りたくなかったくせに。おまえのせいで、こうなったんだ。もう遅すぎるんだよ。」ヘンリーはからだを入れて、メイディーンの腕をつかんだ。彼女はからだをぐいっと引いて、ヘンリーにつかまらないようにした。ぐるりところがって、ヘンリーをけった。それからギャーギャーとわめきはじめた。ヘンリーは腕をさっと引くと、乾燥機をバンとたたいた。「このやろー」と彼はさけんだ。「今度はそういうつもりなんだな、メイディーン・ジョー。おまえが狂ってるって、みんなに分かっちまうぜ。乾燥機のなかにいてぇーなんて、ほんとのバカだ。」

(Vizenor *Native American Literature* 179-180)

キングは、一九九二年に子ども向けの本『コヨーテ・コロンブス物語』(*A Coyote Columbus*

Story）を出版した。この機知に富んだ本の中で、彼はコロンブスとインディアンのトリックスターを描いた。

一九九三年、キングは二冊目の小説『青い草、流れる水』（*Green Grass, Running Water*）を出版した。この物語においても、ユーモアにあふれるトリックスターが重要な役割を担っている。友達やインディアンの親戚、あるいは故郷との関係をさぐる登場人物たちが描かれているが、物語は映画や冒険小説に見られる既存のインディアンのイメージを破壊しようとする試みでもある。(54)たとえば、レティシャ・モーニングスターは、白人の夫からインディアンに聞こえる名前をつけてもらった。彼女は客入りのよいレストラン、デッド・ドッグを営んでいる。そこで彼女は、本物のインディアンの犬を料理している、と客をだまして儲けている。

一九九九年、キングは小説『トゥルースとブライト・ウォーター』（*Truth & Bright Water*）を出版した。この物語は、アルバータにある川をはさんだ町トゥルースとブライト・ウォーター・リザーヴに住む成年になろうとしている二人の若者の愛と哀しみを描いている。

キングは小説家であるが、詩も書いている。また、『カナダ先住民作家による短篇小説撰集』（*An Anthology of Short Fiction by Native Writers in Canada*, 1988）や『わたしが関わっているすべてのもの――現代カナダ先住民小説撰集』（*All My Relations: An Anthology of Contemporary Canadian*

Native Fiction, 1990）などのカナダの先住民文学に関する撰集も編んでいる。

おわりに

アメリカは、さまざまな人種や民族、階級、宗教、さらには性的傾向などを持った人びとが複雑にからみ合い、交錯する国である。そこでは、まさに多様な価値観と文化が共存している。これまで編まれてきたアメリカ文学史の多くは、圧倒的に白人男性が主要な位置を占めていたが、本書は、これまでアメリカ文学史の周縁に位置していたマイノリティーのひとつである、アメリカ先住民が主体となった文学史である。それも、先住民自身が編んだ文学撰集などを参考にし、アメリカ先住民の生の声を可能な限り反映した、日本ではじめての本格的なアメリカ先住民文学史である。

晩年の一時期をニューメキシコ州で暮らし、インディアン文化に強い共感を示したD・H・ロレンスも含めて、これまでアメリカ先住民の文化に傾倒した白人のアーティストや文化人は数多い。現代においても、西欧文明が象徴するテクノロジーの崇拝や合理主義、個人主義、父権制などへの反発を表現している詩人のゲイリー・スナイダーやダイアン・ディ・プリマなどは、インディアン文化に深い関心を示している。また、本文でも述べたが、ジェローム・ローゼンバーグなどによる英訳の先住民口承詩撰集『ガラガラを振りながら』は、一部が日本語に訳されているが、いまだに多くの読者を魅了してやまない。ちなみに、この本を執筆中、ローゼンバーグの英訳をめぐって先住民作家と何度か話す機会があったが、その評価について、先住民作家と非先住民作家との間に微妙な温度差を感じた。おかしなことに、これまでわたしたちは先住民文学に関する、先住民自身による評価を知ることはなかったのだ。

さて、一九六〇年代以降のカウンター・カルチャーの流れの中で、無数の若者がインディアン文化だけでなく、東洋の文化や宗教などに関心を抱いたのは周知の通りである。そして、ヨーロッパ系中産階級の白人男性の価値観や現代の機械文明にたいする反駁から、公民権運動やヴェトナム反戦運動や女性解放運動などとともに、自然保護運動が盛り上がった。もっとも、大衆が抱く、自然に抱かれて真の生き方を保持しているというユートピア的なインディアン文化にたいする羨望を、先住民自身はいささか滑稽さと絶望感を込めた想いで眺めていることは確かだ。先住民は、いま自分たちが直面している問題に敏感である。彼らは広々とした土地を奪われたあげく、リザヴェーションや都市の片隅に追いやられた生活に甘んじている。そこには差別や貧困、さらにはアル中、失業、自殺などの問題が蔓延している。

しかしながら、それでも先住民文化が象徴する原初への帰還は、あらゆるものが無機質で人間性を否定するかのように見える現代にあって、少なくとも来たるべき未来へのひとつの方向を示しているかもしれない。事実、先住民自身も、新たな世紀に入り、必死にインディアンであるということの尊厳を、そしてその精神性を回復させようとしている。現在、多くの先住民が混血である。彼ら自身が複数の文化を内包し、多文化共生の可能性を示唆している。

確かに、多くのアメリカ先住民の魂の根底に横たわっている大地に抱かれた生き方は、自然の生態系を急激に破壊し、すべての生きとし生けるものを絶滅させることしか知らない、白人男性中心主義やテクノロジー崇拝の文明を批判する力になりうる。地球上では、人間もまた自然の一部であり、あまたの命に満ちた世界での人間のありようは常に模索される。アメリカ先住民の大地に根ざした世界観や生き方こそ、わたしたちすべての人々にとってのほんとうの叡知かもしれない。ルーシー・タパホンソ（一九五三―）には二人の子どもに捧げた「春の歌」（"A Spring Poem"）という詩があって、自然界に生きるすでに精霊となってしまった者たちをも含む、すべての生きとし生けるものへの絶えることのない愛が描かれる。

早朝　　気分がいい

おまえの耳に鳥たちがさえずり、のどを鳴らす声がとどく
　ほら、ほら、庭のあそこ
　　ぴょんぴょんとはねまわっている
　　耳をすませてごらん

鳥は精霊がここにいるのを知っている
早朝、太陽が顔をだすまえ
薄明りのなか、精霊は空中を舞っている
　　外にでて彼らを歓迎する
　　朝の大気をゆっくり味わう
　　静寂のなか、小鳥がたてる音だけが聞こえる

彼らはおまえを待っている
　　アコマ族のおじいちゃんの精霊が
　　おじさんたちの精霊が

おまえの知らない親戚たちの精霊が
彼らはおまえを知っている
おまえが生まれたのを心から喜んだ
彼らはおまえがこう言うのを待っている――
出てきてわたしたちに声をかけてね、
みんな出てきてよ、
もういちど会いたいんだ

精霊は家のまえで
ドアのそばで、窓のうえで舞っている
彼らはそこにいて、わたしたちを祝福する
わたしたちを見守っている

外にでて彼らを受けいれる
可愛い小鳥がさえずる朝、
あなたたち精霊は

朝の澄んだ空気のなか
舞いながら歌っている、踊っている
歌っている、歌っている

(Tapahonso *A Breeze Swept Through* 14)

最後に、本書の執筆はインディアン名との格闘であったことを記しておきたい。数多くの部族の、それぞれの言語によるさまざまなインディアン名を読むにあたって、現在カリフォルニア大学バークレー校教授であり、著名なアメリカ先住民作家であるジェラルド・ヴィゼノア氏をはじめとして、カリフォルニア大学バークレー校講師ローラ・ホール Laura Hall 博士、サンフランシスコ州立大学教授エリザベス・アン・ペアレント Elizabeth Anne Parent 博士、詩人で作家でもあるリザ・ロウイッツ Leza Lowitz 女史らに大変お世話になった。お礼を申し上げたい。なお、それぞれの名は、作者本人の読み方になるべく近づけたつもりである。まだ正確でないところも数多くあると思うが、指摘していただければ有り難い。加えて、細部にわたって丁寧に文章を読んでくださり、助言していただいた名古屋市立大学教授の新井透氏、忍耐強く作家別主要作品リストを作成していただいた持木佐和子さん、渡米するにあたってお世話になった聖徳大学の多くの方々、そして開文社出版の安居洋一氏には、心から謝辞を申し上げたい。

註

はじめに

（1）トルゥーディ・グリフィン - ピアス「ナバホ族の儀礼用砂絵」高橋雄一郎訳『ユリイカ』（一九九二年三月号）一六九―一八三。

（2）金関寿夫『アメリカ・インディアンの歌』（中公新書、一九七七年）八三。

第一章

（1）「アメリカ先住民の謎」ＮＨＫ教育テレビ 二〇〇〇年七月二十一日放送。

（2）Henry F. Dobyns, *Native American Historical Demography* (Bloomington and London: Indiana University Press, 1976) 1.

（3）阿部珠理「作られる「インディアン」」『聖徳大学言語文化研究所　論叢』七号（一九九九年三月）

三〇六。

（4）Geary Hobson, "Introduction," *The Remembered Earth: An Anthology of Contemporary Native American Literature*, 1979; rep. (Albuquerque: University of New Mexico Press, 1981) 1-11.

（5）『聖徳大学言語文化研究所　論叢』三〇五。

（6）*The Remembered Earth* 9.

（7）『聖徳大学言語文化研究所　論叢』三〇六―三〇九。

（8）鵜月裕典「アメリカ先住民――対白人関係史の諸相」『ネイティヴ・アメリカンの文学』（ミネルヴァ書房、二〇〇二年）一四―一五。

（9）前掲書　一四。

（10）前掲書　三。

（11）*The Remembered Earth* 4.

第Ⅱ章

（1）Paula Gunn Allen ed., *Studies in American Indian Literature* (New York: The Modern Language Association of America, 1983)

（2） Gerald Vizenor ed., *Native American Literature: A Brief Introduction and Anthology* (New York: HarperCollins College Publishers, 1995)

（3） Andrew Wiget ed., *Handbook of Native American Literature* (New York and London: Garland Publishing, Inc., 1996)

（4） A. LaVonne Brown Ruoff, *American Indian Literature: An Introduction, Bibliographic Review, and Selected Bibliography* (New York: The Modern Language Association of America, 1990)

（5） Joseph Bruchac, “Contemporary Native American Writing: An Overview,” *Handbook of Native American Literature* 311-327.

（6） Henry F. Dobyns, *Native American Historical Demography* (Bloomington and London: Indiana University Press, 1976) 1.

（7） 富田虎男『アメリカ・インディアンの歴史』（雄山閣出版、一九八六年）七二―七三。

（8） A. LaVonne Brown Ruoff, “Native American Writing: Beginnings to 1967,” *Handbook of Native American Literature* 145.

（9） 『アメリカ・インディアンの歴史』一〇一。

（10） James W. Parins, “Elias Boudinot,” *Handbook of Native American Literature* 217.

(11) *Native American Literature: A Brief Introduction and Anthology* 8.

(12) A. LaVonne Brown Ruoff, "Jane Johnston Schoolcraf," *Handbook of Native American Literature* 296.

(13) 『アメリカ・インディアンの歴史』一七九―一八五。

(14) A. LaVonne Brown Ruoff, "Sarah Winnemucca," *Handbook of Native American Literature* 301.

(15) A. LaVonne Brown Ruoff, "Editor's Introduction," *Wynema: A Child of the Forest* (Lincoln: University of Nebraska Press,1997) xvii.

(16) 『アメリカ・インディアンの歴史』一九四―一九七。

(17) Alanna K. Brown, "Mourning Dove," *Handbook of Native American Literature* 260-261.

(18) Birgit Hans, "(William) D'Arcy McNickle," *Handbook of Native American Literature* 251.

第三章

(1) John R. Milton, *The American Indian Speaks* (Vermillion: Dakota Press, 1969)

(2) Angeline Jacobson, *Contemporary Native American Literature: A Selected and Partially Annotated Bibliography* (Metuchen, N.J.: Scarecrow, 1977)

(3) Geary Hobson ed., *The Remembered Earth: An Anthology of Contemporary Native American Literature*, 1979;

rpt. (Albuquerque: University of New Mexico Press, 1981)

（4）Simon J. Ortiz ed., *Earth Power Coming: Short Fiction in Native American Literature* (Arizona: Navajo Community College Press, 1983)

（5）Susan Scarberry-Garcia, "N(avarre) Scott Momaday," *Handbook of Native American Literature* (New York and London: Garland Publishing Inc., 1996) 468.

（6）Gerald Vizenor ed., *Native American Literature: A Brief Introduction and Anthology* (New York: HarperCollins College Publishers, 1995) 129.

（7）*Ibid.*, 129.

（8）Louis Owens, *Other Destinies: Understanding the American Indian Novel* (Norman: University of Oklahoma Press, 1992) 96.

（9）Susan Scarberry-Garcia, "N(avarre) Scott Momaday," *Handbook of Native American Literature* 466.

（10）*Other Destinies* 264.

（11）Susan Scarberry-Garcia, "N(avarre) Scott Momaday," *Handbook of Native American Literature* 472-473.

（12）著者は一九九九年十一月二日に、ヴァークレーのレストランにてヴィゼノア氏に彼の作品、および言語についてインタヴューをした。

（13）Paula Gunn Allen ed., "Teaching American Indian Oral Literature," *Studies in American Indian Literature* (New York: The Modern Language Association of America, 1983) 50.

（14）著者は一九九九年十一月二日に、バークレーのレストランにてヴィゼノア氏に彼の作品、および言語についてインタヴューをした。

（15）Kathryn S. Vangen, "James Welch," *Handbook of Native American Literature* 532-533.

（16）*Other Destinies* 158.

（17）スーザン・小山『アメリカ・インディアン死闘の歴史』（三一書房、一九九五年）一六二―一六三。

（18）*Other Destinies* 160.

（19）*Ibid.*, 169, 270.

（20）*Ibid.*, 179.

（21）*Ibid.*, 179.

（22）トルゥーディ・グリフィン - ピアス「ナバホ族の儀礼用砂絵」高橋雄一郎訳『ユリイカ』一九九二年三月号　一八二。

（1） Paula Gunn Allen ed., *Studies in American Indian Literature* (New York: The Modern Language Association of America, 1983)

（2） Paula Gunn Allen, *The Sacred Hoop: Recovering the Feminine in American Indian Traditions* (Boston: Beacon Press, 1986)

（3） A. LaVonne Brown Ruoff, *American Indian Literature: An Introduciton, Bibliographic Review, and Selected Bibliography* (New York: The Modern Language Association of America, 1990)

（4） Gerald Vizenor, *Narrative Chance* (Albuquerque: University of New Mexico Press, 1989)

（5） Gerald Vizenor ed., *Native American Literature: A Brief Introduciton and Anthology* (New York: HarperCollins College Publishers, 1995)

（6） Geary Hobson ed., *The Remembered Earth: An Anthology of Contemporary Native American Literature*, 1979; rpt. (Albuquerque: University of New Mexico Press, 1981) 5.

（7） *Ibid.*, 5.

（8） Donna Perry ed., *Backtalk: Women Writers Speak Out* (New Brunswick, New Jersy: Rutgers University Press, 1993) 2.

（9） *Ibid.*, 2.

(10) *Ibid.*, 3.

(11) James Ruppert, "Paula Gunn Allen," *Handbook of Native American Literature* (New York and London: Garland Publishing Inc., 1996) 396.

(12) Susan J. Scarberry, "Grandmother Spider's Lifeline," *Studies in American Indian Literature* 101.

(13) *Ibid.*, 102.

(14) *Backtalk*: *Women Writers Speak Out* 14.

(15) Paula Gunn Allen, *Grandmothers of the Light: A Medicine Woman's Sourcebook* (Boston: Beacon Press, 1991) xiii.

(16) Robert M. Nelson, "Simon J. Ortiz," *Handbook of Native American Literature* 484.

(17) *Ibid.*, 484.

(18) *Ibid.*, 484.

(19) Patricia Clark Smith, "Coyote Ortiz: Canis latrans latrans in the Poetry of Simon Ortiz," *Studies in American Indian Literature* 194.

(20) Robert M. Nelson, "Simon J. Ortiz," *Handbook of Native American Literature* 486.

(21) *Ibid.*, 485.

(22) *Ibid.*, 485.

（23）*Ibid.*, 488.

（24）John Lloyd Perdy, "(Karen) Louise Erdrich," *Handbook of Native American Literature* 425.

（25）*Ibid.*, 425.

（26）Louis Owens, *Other Destinies: Understanding the American Indian Novel* (Norman: University of Oklahoma Press, 1992) 193.

（27）Louise Erdrich, *Love Medicine* (New York: Harper Perennial, 1993) 282.

（28）*Ibid.*, 193.

（29）*Ibid.*, 193.

（30）*Other Destinies* 196.

（31）*Ibid.*, 201.

（32）*Ibid.*, 206.

（33）Norman C.Wilson, "Joy Harjo," *Handbook of Native American Literature* 437.

（34）*Ibid.*, 438.

（35）レベッカ・ソーシー「〈変わり女〉たち」V・L・ルイスほか編『差異に生きる姉妹たち』和泉邦子ほか訳（世織書房、一九九七年）二四一―三〇二。

(36) 前掲書 二五一。
(37) 前掲書 二九三。
(38) 前掲書 二五二。
(39) Robert F. Sayre, "Hyemeyohsts (Chuck) Storm," *Handbook of Native American Literature* 513.
(40) *Ibid.*, 513-514.
(41) 阿部珠理「心優しき者たちの物語」ヘェメヨースツ・ストーム『セブン・アローズⅡ』(地湧社、一九九六年)二一四―二一五。
(42) 前掲書 二一五。
(43) Robert F. Sayre, "Hymeyohsts (Chuck) Storm," *Handbook of Native American Literature* 514.
(44) *Ibid.*, 514.
(45) *Ibid.*, 514.
(46) *Ibid.*, 514.
(47) *Ibid.*, 515.
(48) *Ibid.*, 515.
(49) Norma C. Wilson, "Linda Henderson Hogan," *Handbook of Native American Literature* 449.

(50) *Ibid.*, 450.

(51) Norma C. Wilson, "Wendy Rose," *Handbook of Native American Literature* 495.

(52) *Ibid.*, 496.

(53) Robert F. Gish, "Ray(Anthony) Young Bear," *Handbook of Native American Literature* 545.

(54) A. LaVonne Brown Ruoff, "Thomas King," *Handbook of Native American Literature* 460.

引証資料

はじめに

Cronyn, W. George. ed. *American Indian Poetry*. New York: Ballantine Books, 1972.

Trudell, John. *CD:Blue Indian*. Studio City: Dangerous Discs, 1999.

第一章

Hobson, Geary. ed. *The Remembered Earth: An Anthology of Contemporary Native American Literature*. Albuquerque: University of New Mexico Press, 1981.

阿部珠理「作られる「インディアン」」『聖徳大学言語文化研究所論叢』七号　一九九九年三月。

第二章

Callahan, S. Alice. *Wynema: A Child of the Forest*. Lincoln: University of Nebraska Press, 1997.

Cronyn, W. George. ed. *American Indian Poetry*. New York: Ballantine Books, 1972.

Dove, Mourning. *Cogewea, The Half Blood: A Dipiction of the Great Montana Cattle Range*. Lincoln: University of Nebraska Press,1981.

Eastman, Charles A. *Indian Boyhood*. Lincoln: University of Nebraska Press, 1991.

Johnson, E. Pauline. *Flint and Feather: The Complete Poems of E.Pauline Johnson*. Ontario: Paper Jacks, 1972.

McNickle, D'Arcy. *The Surrounded*. Alburquerque: University of New Mexico Press, 1997.

Vizenor, Gerald. ed. *Native American Literature: A Brief Introduction and Anthology*. New York: HarperCollins College Publishers, 1995.

第三章

Momaday, N. Scott. *House Made of Dawn*. New York: Harper & Row, Publishers, 1989.

Owens, Louis. *Other Destinies: Understanding the American Indian Novel*. Norman: University of Oklahoma Press, 1992.

Perry, Donna. ed. *Backtalk: Women Writers Speak Out*. New Brunswick, New Jersey: Rutgers University Press, 1993.

Silko, Leslie Marmon. *Ceremony*. New York: Penguin Books, 1977.

Vizenor, Gerald. *Griever: An American Monkey King in China*. New York: Fiction Collective; Normal: Illinois State University Press, 1987.

———. ed. *Native American Literature: A Brief Introduciton and Anthology*. New York: HarperCollins College Publishers,1995.

Welch, James. *Riding the Earthboy 40*. Pittsburgh: Carnegie Mellon University Press, 1997.

———. *Winter in the Blood*. New York: Harper & Row, 1974.

第四章

Allen, Paula Gunn. *Coyote's Daylight Trip*. Albuquerque: La Confluencia, 1978.

Erdrich, Louise. *Love Medicine*. New York: Harper Perennial, 1993.

———. *New York Times*. July 28, 1988.

Harjo, Joy. *She Had Some Horses*. New York: Thunder's Mouth Press, 1983.

Hobson, Geary. *The Remembered Earth*. Albuquerque: University of New Mexico Press, 1979.

Hogan, Linda. *Seeing Through the Sun*. Amherst: The University of Massachusetts Press, 1985.

Niatum, Duane. *Harper's Anthology of 20th Century Native American Poetry*. San Francisco: Harper San Francisco,1988.

Ortiz, Simon J. *Going for the Rain*. New York: Harper & Row, 1976.

Owens, Louis. *Other Destinies: Understanding the American Indian Novel*. Norman: University of Oklahoma Press, 1992.

Perry, Donna. ed. *Backtalk: Women Writers Speak Out*. New Brunswick, New Jersey: Rutgers University Press, 1993.

Rose, Wendy. *Bone Dance:New and Selected Poems,1965-1993*. Tucson: The University of Arizona Press, 1994.

Storm, Hyemeyohsts. *Seven Arrows*. New York: Ballantine Books, 1973.

Vizenor, Gerald. ed. *Native American Literature: A Brief Introduction and Anthology*. New York: HarperCollins College Publishers, 1995.

Wiget, Andrew. ed. *Handbook of Native American Literature*, New York and London: Garland Publishing, Inc., 1996.

阿部珠理「心強き者たちの物語」ヘェメヨースツ・ストーム著『セブン・アローズI』地湧社 一九九六年

おわりに

Tapahonso, Luci. *A Breeze Swept Through*. Albuquerque: West End Press, 1987.

Grove/Atlantic, 1992.

_____. *Remnants of the First Earth*. New York: Grove/Atlantic, 1997.

_____. *The Rock Island Hiking Club*. Iowa City: University of Iowa Press, 2001.

* Andrew Wiget, ed. *Handbook of Native American Literature*. (New York and London: Garland Publishing Inc., 1996) に収録されている作家別主要作品リストを元に、加筆した。

ンの存在と不在の光景』大島由起子訳、開文社出版、2002 年

James Welch

Welch, James. *Winter in the Blood.* New York: Harper & Row, 1974.

_____. *Riding the Earthboy 40*. New York: World Publishing Company, 1971. Rpt. New York: Harper & Row, 1975.

_____. *The Death of Jim Loney*. New York: Harper & Row, 1979.

_____. *Fools Crow*. New York: Viking Penguin, 1986.

_____. *James Welch*. Ed. Ron McFarland. Lewiston, ID: Confluence Press, 1986.

_____. *The Indian Lawyer*. New York: W.W. Norton, 1990.

_____, and Paul Stekler. *Killing Custer: The Battle of the Little Bighorn and the Fate of the Plains Indians*. New York: W.W. Norton, 1994.

_____. *The Heartsong of Charquiq Elk*. New York: Doubleday, 2001.

Ray A. Young Bear

Young Bear, Ray A. *Winter of the Salamander*. New York: Harper & Row, 1980.

_____. *The Woodland Singers: Traditional Mesquakie Songs*. Cassette tape. Phoenix: Canyou Records Productions, 1987.

_____. *The Invisible Musician*. Minnesota: Holy Cow! Press 1989.

_____. *Black Eagle Child: The Facepaint Narratives*. New York:

_____. *Matsushima: Pine Island*. Minneapolis: Nodin, 1984.

_____. *Griever: An American Monkey King in China*. New York: Fiction Collective; Normal: Illinois State UP, 1987.

_____. *The Trickster of Liberty: Tribal Heirs to a Wild Baronage at Patronia*. Minneapolis: U of Minnesota P, 1988.

_____. *Narrative Chance*. Albuquerque: U of New Mexico P, 1989.

_____. *Bearheart: The Heirship Chronicles*. Minneapolis: U of Minnesota P, 1990.

_____. *Crossbloods: Bone Courts, Bingo, and Other Reports*. Norman: U of Oklahoma P, 1990.

_____. *Interior Landscapes: Autobiographical Myths and Metaphors*. Minneapolis: U of Minnesota P, 1990.

_____. *The Heirs of Columbus*. CT: Wesleyan University P, 1991.

_____. *Shadow Distance: A Gerald Vizenor Reader*. CT: Wesleyan University P, 1994.

_____, ed. *Native American Literature: A Brief Introduction and Anthology*. New York: HarperCollins College Publishers, 1995.

_____. "Ishi and the Wood Ducks." *Native American Literature: A Brief Introduction and Anthology*. Ed. Gerald Vizenor. New York: HarperCollins College Publishers, 1995.

_____. *Hotline Headers: An Almost Browne Novel*. CT: Wesleyan University P, 1997.

_____. *Fugitive Poses: Native American Indian Scenes of Absence and Presence*. Lincoln: University of Nebraska P, 1998.

_____. *Chances: A Novel*. Norman: U of Oklahoma P, 2000.

_____. *Hiroshima Bugi: Atomu 57*. Lincoln: University of Nebraska P, 2003.

ジェラルド・ヴィゼナー『逃亡者のふり—ネイティヴ・アメリカ

地湧社、1992 年
_____.『聖なる輪の教え』阿部珠理訳、地湧社、1992 年
_____.『よみがえる魂の物語』阿部珠理訳、地湧社、1992 年

Gerald Vizenor

Vizenor, Gerald. *Two Wings of the Butterfly: Haiku Poems in English*. St. Cloud, MN: Privately Printed, 1962.

_____. *Raising the Moon Vines: Original Haiku in English*. Minneapolis: Callimachus, 1964.

_____. *Seventeen Chirps: Haiku in English*. Minneapolis: Nodin, 1964.

_____. *Slight Abrasions: A Dialogue in Haiku*. With Jerome Downes. Minneapolis: Nodin, 1966.

_____. "I Know What You Mean, Erdupps MacChurbbs." *Growing Up in Minnesota: Ten Writers Remember Their Childhoods*. Ed. Chester Anderson. Minneapolis: U of Minnesota P, 1976. 79-111.

_____. *Wordarrows: Indians and Whites in the New Fur Trade*. Minneapolis: U of Minnesota P, 1978.

_____. *Darkness in Saint Louis Bearheart*. St. Paul, MN: Truck, 1979.

_____. *Summer in the Spring: Ojibwe Lyric Poems and Tribal Stories*. Minneapolis: Nodin, 1981.

_____. *Earthdivers: Tribal Narratives on Mixed Descent*. Minneapolis: U of Minnesota P, 1981.

_____. *Harold of Orange*. Film and unpublished screenplay. St. Paul: Film in the Cities, 1983.

University of Arizona Press, 1994.
_____. *Now Proof She is Gone: Poetry*. Ann Arbor, MI: Firebrand Books, 1994.

Leslie Marmon Silko

Silko, Leslie Marmon. *Laguna Woman*. Greenfield Center, NY: Greenfield Review Press, 1974.
_____. *Ceremony*. New York: Viking, 1977.
_____. *Storyteller*. New York: Sever Books, 1981.
_____, and James Wright. *The Delicacy and Strength of Lace: Letters Between Leslie Marmon Silko and James Wright*. Ed. Anne Wright. St. Paul, MN: Greywolf, 1986.
_____. *Almanac of the Dead*. New York: Simon and Schuster, 1991.
_____. *Sacred Water: Narratives and Pictures*. Tucson: Flood Plain Press, 1993.
_____. *Yellow Woman and a Beauty of the Spirit: Essays on Native American Life Today*. New York: Simon and Schuster, 1996.
_____. *Gardens in the Dunes*. New York: Simon and Schuster, 1999.
レスリー・M・シルコー『儀式』荒このみ訳、講談社文庫、1998年

Hyemeyohsts (Chuck) Storm

Storm, Hyemeyohsts. *Seven Arrows*. New York: Harper & Row, 1972.
_____. *Song of Heyoehkah*. New York: Harper & Row, 1981.
ヘェメヨースツ・ストーム『心の目をひらく旅』阿部珠理訳、

Seklos, 1984. 57-69.

_____. "The Language We know." *I Tell You Now: Autobiographical Essays of Native American Writers*. Ed. Brian Swann and Arnold Krupat. Lincoln: U of Nebraska P, 1987. 185-94.

_____. "The Story Never Ends." *Survival This Way: Interviews with American Indian Poets*. Ed. Joseph Bruchac. Tucson: Sun Tracks and U of Arizona P, 1987. 211-29.

_____. *Woven Stone*. Tucson: University of Arizona Press, 1992.

_____. *After and before the Lightning*. Tucson: University of Arizona Press, 1994.

_____, ed. *Speaking for the Generations: Native Writers on Writing*. Tucson: University of Arizona Press, 1998.

_____. *Men on the Moon: Collected Short Stories*. Tucson: University of Arizona Press, 1999.

Wendy Rose

Rose, Wendy. *Hopi Roadrunner Dancing*. Greenfield Center, NY: The Greenfield Review, 1973.

_____. *Academic Squaw*. Marvin, SD: Blue Cloud Quarterly, 1977.

_____. *Builder Kachina: A Home-Going Cycle*. Marvin, SD: Blue Cloud Quarterly, 1979.

_____. *Lost Copper*. Banning, CA: Malki Museum Press, 1980.

_____. *What Happened When the Hopi Hit New York*. New York: Contact II Publications, 1982.

_____. *The Halfbreed Chronicles and Other Poems*. Los Angeles: West End Press, 1985.

_____. *Bone Dance: New and Selected Poems*, 1965-1993. Tucson:

Oxford UP, 1965.
ナヴァル・スコット・ママディ『レイニ・マウンテンへの道』滝川秀子訳、晶文社、1976年

Simon J. Ortiz

Ortiz, Simon J. *Naked in the Wind*. Chapbook. Pembroke, NC: Quetzal-Vihio, 1971.

_____. *The Man to Send Rainclouds: Contemporary Stories by American Indians*. Ed. Kenneth Rosen. New York: Viking Press, 1974.

_____. *Going for the Rain*. New York: Harper & Row, 1976.

_____. *A Good Journey*. Berkeley: Turtle Island, 1977. Rpt. Tucson: Sun Tracks and U of Arizona P, 1984.

_____. *Howbah Indians*. Tucson: Blue Moon, 1978.

_____. *Fight Back: For the Sake of the People, for the Sake of the Land*. Albuquerque: Institute for Native American Development, U of New Mexico, 1980.

_____. *From Sand Creek*. New York: Thunder's Mouth, 1891.

_____. *A Poem Is a Journey*. Bourbonnais, IL: Pteranodon, 1981.

_____. "Towards a National Indian Literature: Cultural Authenticity in Nationalism." *MELUS* 8.2 (Summer 1981): 7-12.

_____, ed. *Earth Power Coming: Short Fiction in Native American Literature*. Tsaile, AZ: Navajo Community College P, 1983.

_____. *Fightin': New and Collected Stories*. New York: Thunder's Mouth, 1983.

_____. "Always the Stories: A Brief History and Thoughts on My Writing." *Coyote Was Here*. Ed. Bo Scholer. Arhus, Denmark:

_____. *The Way to Rainy Mountain*. Albuquerque: U of New Mexico P, 1969. Rpt. Albuquerque: U of New Mexico P, 1976.

_____. "The Man Made of Words." *Indian Voices: The First Convocation of American Indian Scholars*. Ed. Rupert Costo. San Francisco: Indian Historian Press, 1970. 49-84. Rpt. in *Literature of the American Indians: Views and Interpretations*. Ed. Abraham Chapman. New York: New American Library, 1975. 96-110.

_____. "The Night the Stars Fell." *Viva* 14 (1972).

_____. *Angle of Geese and Other Poems*. Boston: David R.Godine, 1974.

_____. "A First American Views His Land." *National Geographic*. 150.1 (1976): 13-18.

_____. *The Gourd Dancer*. New York: Harper & Row, 1976.

_____. *The Names: A Memoir*. New York: Harper & Row, 1976. Rpt. Tucson: U of Arizona P, 1976.

_____. *The Ancient Child*. New York: Doubleday, 1989.

_____. *In the Presence of the Sun: Stories and Poems, 1961-1991*. New York: St. Martin's Press, 1992.

_____. *Circle of Wonder: A Native American Story*. Santa Fe: Clear Light Publishers, 1994.

_____. *Conversation with N. Scott Momaday*. Ed. Matthias Schubnell. Jackson: University Press of Mississippi, 1997.

_____. *The Man Made of Words: Essays, Stories, Passages*. New York: St. Martin's Press, 1997.

_____. *In the Bear's House*. New York: St. Martin's Press, 1999.

Tuckerman, Frederick Goddard. *The Collected Poems of Frederick Goddard Tuckerman*. Ed. N. Scott Momaday. New York:

Contemporary Canadian Native Fiction. Toronto: McClelland, 1990.

_____. *A Coyote Columbus Story*. Toronto: Groundwood, 1992.

_____. *Green Grass, Running Water*. New York: Houghton, 1993; Toronto: HarperCollins Canana, 1993.

_____. *Medicine River*. Toronto: Canadian Broadcasting Corporation, 1993. Film Script.

_____. *Medicine River*. Edmonton: Canadian Broadcasting Corporation, 1993. Radio drama.

_____, and Johnny Wales. *Coyotes Sing to the Moon*. TX:Westwind Press, 1998.

_____. *Truth & Bright Water*. Toronto: HarperCollins Canada, 1999.

_____. *Dead Dog Cafe Comedy Hour*. Toronto: CBC, 2001. Audio Cassette.

_____. *Dreadful Shows Up*. Toronto: HarperCollins Canada, 2002.

_____. *The Truth About Stories*. Toronto: House of Anansi Press, 2003.

N(avarre) Scott Momaday

Momaday, N. Scott. *Owl in the Cedar Tree*. Lincoln: University of Nebraska, 1965.

_____. *The Journey of Tai-me*. Santa Barbara: Privately Printed, 1967.

_____, and David Muench. *Colorado: Summer, Fall, Winter, Spring*. New York: Rand McNally, 1973.

_____. *House Made of Dawn*. New York: Harper & Row, 1968. Rpt. New York: Perennial Library, Harper & Row, 1989.

_____. *Savings: Poems*. Minneapolis: Coffee House Press, 1987.
_____. *Mean Spirit*. New York: Atheneum, 1990.
_____. *Red Clay: Poems & Stories*. Greenfield Center, NY: Greenfield Review Press, 1991.
_____. *The Book of Medicines*. Minneapolis: Coffee House Press, 1993.
_____. *Dwellings: A Spiritual History of the Living World*. New York: W.W. Norton, 1995.
_____. *From Women's Experience to Feminist Theology*. Sheffield: Sheffield Academic Press, 1995.
_____. *Solar Storms: A Novel*. New York: Scribner, 1995.
_____, and Wendy Rose. *Reading & Conversation*. Colorado: Center Green Theater, 1995.
_____, and Deena Metzger, and Brenda Peterson, eds. *Intimate Nature*. New York: Fawcett Columbine, 1998.
_____. *Power*. New York: W.W. Norton, 1998.
リンダ・ホーガン『大地に抱かれて』浅見淳子訳、1996年

Thomas King

King, Thomas, Helen Hoy, and Cheryl Calver, eds. *The Native in Literature: Canadian and Comparative Perspectives*. Toronto: ESW, 1987.
_____, ed. and intro. *An Anthology of Short Fiction by Native Writers in Canada*. Special Issue of Canadian Fiction Magazine. Toronto: Canadian Fiction Magazine, 1988.
_____. *Medicine River*. Toronto: Penguin, 1990.
_____, ed. and intro. *All My Relations: An Anthology of*

_____, and Gloria Bird, eds. *Reinventing the Enemy's Language: Contemporary Native Women's Writings of North America*. New York: W.W. Norton, 1997.

_____. *Letter from the End of the Twentieth Century*. CO: Silver Wave Record, 1997. CD.

_____. *A Map to the Next World*. New York: W.W. Norton: 2000.

_____. *How We Became Human: New and Selected Poems*. New York: W.W. Norton, 2002.

Linda Hogan

Hogan, Linda. *Calling Myself Home*. Greenfield Center, NY: Greenfield Review Press, 1978.

_____. Autobiographical statement in S*un Tracks* 5 (1979): 78.

_____. "The 19th Century Native American Poets. " *Wassaja* 13 (1980): 24-29.

_____. "Who Puts Together." *Denver Quarterly* 14.4 (Winter 1980): 103-10.

_____. *Daughter, I Love You*. Denver: Research Center on Women, 1981.

_____. "Amen." *Earth Power Coming*. Ed. Simon J. Ortiz. Tsaile, AZ: Navajo Community College Press, 1983. 276-87.

_____. *Eclipse*. Los Angeles: U of California P, 1983.

_____. "New Shoes." *Earth Power Coming*. Ed. Simon J. Ortiz. Tsaile, AZ: Navajo Community College Press, 1983. 3-20.

_____. *Seeing Through the Sun*. Amherst: U of Massachusetts P, 1985.

_____. *That Horse*. Acomita: Pueblo of Acoma Press, 1985.

角川書店、1992年
_____『五人の妻を愛した男』上、下、小林理子訳、角川書店、1997年

Joy Harjo

Harjo, Joy. *The Last Song*. Las Cruces, NM: Puerto Del Sol Chapbook No. 1, 1975.

_____. *What Moon Drove Me to This?* New York: I. Reed Books, 1979.

_____. "Bio-Poetics Sketch for Greenfield Review." *The Greenfield Review* 9.3-4 (1981): 8-9.

_____. *She Had Some Horses*. New York: Thunder's Mouth Press, 1983.

_____ . "The Woman Hanging from the Thirteenth Floor Window." *Wicazo Sa Review* 1.1 (1985): 38-40.

_____. "Transformations." *Harper's Anthology of 20th Century Native American Poetry*. Ed. Duane Niatum. San Francisco: Harper & Row, 1988. 294-95.

_____. *Secrets from the Center of the World*. Tucson: Sun Tracks and University of Arizona Press, 1989.

_____. *In Mad Love and War*. Middletown, CT: Wesleyan UP, 1990.

_____. "Three Generations of Native American Women's Birth Experience." *Ms.*, 2.1 (1991): 28-30

_____. *The Woman Who Fell from the Sky*. New York: W.W. Norton, 1994.

_____. *The Spiral of Memory: Interviews*. Ed. Laura Coltelli. Ann Arbor, MI: University of Michigan Press, 1996.

(Karen) Louise Erdrich

Erdrich, Louise. *Jacklight*. New York: Henry Holt and Company, 1984.

_____. *Love Medicine*. New York: Holt, Rinehart and Winston, 1984.

_____. *The Beet Queen*. New York: Henry Holt and Company, 1986.

_____. *Tracks*. New York: Henry Holt and Company, 1988.

_____. *Baptism of Desire: Poems*. New York: Harper & Row, 1989.

_____, and Michael Dorris. *The Crown of Columbus*. New York: HarperCollins Publishers, 1991.

_____, and Michael Dorris. *Conversation with Louise Erdrich and Michael Dorris*. Eds. Allan Chavkin and Nancy Feyl Chavkin. Jackson: University Press of Mississippi, 1994.

_____. *The Blue Jay's Dance*. New York:HarperCollins Publishers, 1995.

_____. *Tales of Burning Love*. New York: HarperCollins Publishers, 1996.

_____. *Grandmother's Pigeon*. New York: Hyperrion Books for Children, 1996.

_____. *The Antelope Wife*: *A Novel*. New York: HarperFlamingo, 1998.

_____. *The Last Report on the Miracles at Little No Horse*. New York: HarperCollins Publishers, 2001.

ルイーズ・アードリック『ラヴ・メディシン』望月佳重子訳、筑摩書房、1990 年

_____『ビート・クイーン』藤本和子訳、文芸春秋、1990 年

_____マイケル・ドリス『コロンブス・マジック』幸田敦子訳、

Autobiographical Essays by Native American Writers. Ed. Brian Swann and Arnold Krupat. Lincoln: U of Nebraska P, 1987.

_____. "I Climb the Mesas in My Dreams: An Interview with Paula Allen." *Survival This Way: Interview with Contemporary Native American Poets*. Ed. Josheph Bruchac. Tucson: U of Arizona P, 1987.

_____. *Wyrds*. San Francisco: Taurean Horn, 1987.

_____. *Skins and Bones*: Poems 1979-87. Albuquerque: West End Press, 1988.

_____. *Spider Woman's Granddaughters: Traditional Tales and Contemporary Writing by Native American Women*. Boston: Beacon Press, 1989.

_____. *Grandmothers of the Light: A Medicine Woman's Sourcebook*. Boston: Beacon Press, 1991.

_____. *Columbus and Beyond: Views from Native Americans*. Ed. Randolph Jorgen. AZ: Southwest Parks and Monuments Association, 1992.

_____, ed. *Voice of the Turtle: American Indian Literature, 1900-1970*. New York: Ballantine Books, 1994.

_____ , and Patricia Clark Smith. *As long as the Rivers Flow: The Stories of Nine Native Americans*. New York: Scholastic Press, 1996.

_____. *Life is a Fatal Disease: Selected Poems, 1962-1995*. Albuquerque: West End Press, 1997.

_____. *Off the Reservation: Reflection on Bondary-Busting, Border-Crossing Loose Canons*. Boston: Beacon Press, 1998.

ネイティヴ・アメリカン・ルネッサンスと現代のアメリカ先住民作家たち（アルファベット順）

Paula Gunn Allen

Allen, Paula Gunn. *The Blind Lion*. Berkeley: Thorp Springs Press, 1974.

_____. *Coyote's Daylight Trip*. Albuquerque: La Confluencia, 1978.

_____. *A Cannon Between My Knees*. New York: Strawberry Press, 1981.

_____. *Star Child*. Marvin, ND: Blue Cloud Quarterly Press, 1981.

_____. "Answering the Deer." *American Indian Culture and Research Journal* 6.3 (1982): 35-45.

_____. *Shadow Country*. Los Angeles: American Indian Studies Center, 1982.

_____. *The Woman Who Owned the Shadows*. Argyle, NY: Spinsters Ink, 1983.

_____, ed. *Studies in American Indian Literature: Critical Essays and Course Designs*. New York: MLA, 1983.

_____. "This Wilderness in My Blood: Spiritual Foundations of the Poetry of Five American Indian Women." *Coyote was Here: Essays on Contemporary Native American Literary and Political Mobilization*. Ed. Bo Scholer. Aarhus, Denmark: Seklos, 1984.

_____. *The Sacred Hoop: Recovering the Feminine in American Indian Traditions*. Boston: Beacon Press, 1986.

_____. "The Autobiography of a Confluence." *I Tell You Now:*

_____. "Editorial Comment." *American Indian Magazine* (July-September 1918): 113-14.

_____. "Indian Gifts to Civilized Man." *American Indian Magazine* (July-September 1918): 115-16.

_____. "Address by Mrs. Gertrude Bonnin." *American Indian Magazine* (Fall 1919): 153-57.

_____. "Editorial Comment." *American Indian Magazine* (Winter 1919): 161-62.

_____. "America, Home of the Red Man." *American Indian Magazine* (Winter 1919): 165-67.

_____. "The Coronation of Chief Powhatan Retold." *American Indian Magazine* (Winter 1919): 179-80.

_____. "Letter to the Chiefs and Headmen of the Tribes." A*merican Indian Magazine* (Winter 1919): 196-97.

_____. "Editorial Comment." *American Indian Magazine* (Spring 1919): 5-9.

_____. "Editorial Comment." *American Indian Magazine* (Summer 1919): 61-63.

_____. *American Indian Stories*. Washington: Hayworth, 1921. Rpt. Foreword by Dexter Fisher. Lincoln: U of Nebraska P, 1985.

_____. Charles H. Fabens, and Matthew K. Sniffen. *Oklahoma's Poor Rich Indians: An Orgy of Graft and Exploitation of the Five Civilized Tribes—Legalized Robbery*. Philadelphia: Office of the Indian Rights Association, 1924.

Zitkala Sa. "Impressions of an Indian Childhood." *Atlantic Monthly* (January 1900): 37-47.

_____. "The School Days of an Indian Girl." *Atlantic Monthly* (February 1900): 185-94.

_____. "An Indian Teacher Among Indians." *Atlantic Monthly* (March 1900): 381-86.

_____. *Old Indian Legends*. Boston: Ginn, 1901. Rpt. Foreword by Agnes M. Picotte. Lincoln: U of Nebraska P, 1985.

_____. "The Soft-Hearted Sioux." *Harper's Monthly Magazine* (March 1901): 505-8.

_____. "The Trail Path." *Harper's Monthly Magazine* (October 1901): 741-44.

_____. "A Warrior's Daughter." *Everybody's Magazine* (April 1902): 346-52.

_____. " Why I Am a Pagan." *Atlantic Monthly* (December 1902): 801-3.

_____. "The Indian's Awakening." *American Indian Magazine* (January-March 1916): 57-9.

_____. "A Year's Experience in Community Service Work Among the Ute Tribe of Indians." *American Indian Magazine* (October-December 1916): 307-10.

_____. "The Red Man's America." *American Indian Magazine* (January-March 1917): 64.

_____. "Chipeta, Widow of Chief Ouray: With a Word About a Deal in Blankets." *American Indian Magazine* (July-September 1917): 168-70.

_____. "A Sioux Woman's Love for Her Grandchild." *American Indian Magazine* (October-December 1917): 230-31.

_____. *The Dark Encounter*. New York: Samuel French, 1947. Full-length drama.

_____. *The Year of Pilar*. New York: Samuel French, 1947. Full-length tragedy.

_____. *Hang Onto Love*. New York: Samuel French, 1948. Retitling of the unproduced *Domino Parlor*.

_____. *The Hunger I Got*. New York: Samuel French, 1949. One-act drama.

_____. *Toward the Western Sky*. Cleveland: Western Reserve, 1951. Musical pageant- drama, written with Nathan Kroll. Produced at Western Reserve University, 1951.

Jane Johnston Schoolcraft

The Literary Voyager or Muzzeniegun. Ed. Henry Rowe Schoolcraft. Ed. With an Introduction and Notes by Philip P. Mason. Westport, CT: Greenwood, 1974.

Sarah Winnemucca

Winnemucca [Hopkins], Sarah. *Life Among the Piutes: Their Wrongs and Claims*. Ed. Mrs. Horace Mann. 1883. Rpt. Bishop: Chalfant Press, 1969.

_____. "The Pah-Utes." *The Californian* 6 (1882): 252-56.

Zitkala Sa

(Rolla) Lynn Riggs

Riggs, Rolla Lynn. *Knives from Syria*. New York: Samuel French, 1927. One-act comedy. Produced in Santa Fe, 1925.

_____. *Big Lake*. New York: Samuel French, 1927. Full-length tragedy. Produced by American Laboratory Theatre, 1927.

_____. *Reckless*. New York: Samuel French, 1928. One-act comedy. This is Scene One of the Later *Roadside*.

_____. *Sump'n Like Wings*. New York: Samuel French, 1928. Full-length drama. Produced by Detroit Playhouse, 1931.

_____. *A Lantern to See By*. New York: Samuel French, 1928. Full-Length tragedy. Produced by Detroit Playhouse, 1930.

_____. *The Iron Dish*. New York: Samuel French, 1930. (Poems)

_____. *Roadside*. New York: Samuel French, 1936. Full-length comedy. Produced on Broadway, 1930, and anthologized by Harper & Row, 1953.

_____. *Green Grow the Lilacs*. New York: Samuel French, 1936. Full-length comedy drama. Produced on Broadway, 1931, and anthologized by Crown Publishers, 1961.

_____. *The Cherokee Night*. New York: Samuel French, 1936. Full-length tragedy. Produced at Hedgerow Theatre, 1932; produced by Federal Theatre off-Broadway, 1936.

_____. *Russet Mantle*. New York: Samuel French, 1936. Full-length comedy. Produced on Broadway, 1936.

_____. *The Cream in the Well*. New York: Samuel French, 1947. Full-length tragedy. Produced on Broadway, 1941.

_____. *A World Elsewhere*. New York: Samuel French, 1947. Full-length tragedy. Produced on Broadway, 1941.

_____. *Brothers Three*. New York: Macmillan, 1935.
_____. *Tecumseh and His Times*. New York: G. P. Putnam, 1938.
_____. " Autobiography." Unpublished manuscript. 1947. Western History Collection, U of Oklahoma Library, Norman.

Alexander Lawrence Posey

Posey, Alexander Lawrence. *Alex Posey, the Creek Indian Poet*. Collected by Mrs. Minnie H. Posey. Topeka: Crovet Co., 1910.
_____. *The Fus Fixico Letters*. Eds. Daniel F. Littlefield, Jr. and Carol A. Petty Hunter. Lincoln: U of Nebraska P, 1993.
_____. *Journal of Creek Enrolment Party 1905*. Oklahoma City: Oklahoma Historical Society, 1968.
_____. *Poems of Alex Lawrence Posey, Creek Indian Bard*. Rev. by Okmulgee Cultural Foundation and the Five Civilized Tribes Heritage. Muskogee, OK: Joffman Printing Co., 1969.
Posey, Minnie H., comp. *The Poems of Alexander Lawrence Posey*. Topeka: Crane, 1910.

John Rollin Ridge

Ridge, John Rollin. *Poems*. San Francisco: Henry Payot & Co., 1868.
Yellow Bird. *The Life and Adventures of Joaquin Murieta, the Celebrated California Bandit*. 1854. Rpt. Ed. Joseph Henry Jackson. Norman: U of Oklahoma P, 1955.

_____. *Tales of the Okanogans*. Ed. Donald Hines. Fairfax, WA: Ye Galleon, 1976.

_____. *Mourning Dove: A Salishan Autobiography*. Ed. Jay Miller. Lincoln: U of Nebraska P, 1990.

Samson Occom

Occom, Samson. "A Short Narrative of My Life." Unpublished manuscript. 1768. Archives of the Dartmouth College Library.

_____. *A Sermon Preached at the Execution of Moses Paul, An Indian Who Was Executed at New Haven on the 2nd of September 1772 for the Murder of Mr. Moses Cook, late of Waterbury, on the 7th of December 1771/ Preached at the Desire of said Paul by Samson Occom, minister of the gospel and missionary to the Indians, New Haven 1772*. New Haven: Press of Thomas and Samuel Green, 1772.

_____. *A Choice Collection of Hymns and Spiritual Songs*. New London, CT: Press of Thomas and Samuel Green, 1774.

_____. "An Account of the Montauk Indians, on Long Island." *Collections of the Massachusetts Historical Society* 10 (1809): 105-10.

John Milton Oskison

Oskison, John Milton. *Wild Harvest*. New York: Appleton, 1925.

_____. *Black Jack Davy*. New York: Appleton, 1926.

_____. *A Texas Titan*. New York: Doubleday, 1929.

McNickle, D'Arcy. *The Surrounded.* 1936. Albuquerque: U of New Mexico P, 1978.

_____. "Train Time." *Indians at Work* 3 (March 15, 1936): 45-7.

_____. *They Came Here First: The Epic of the American Indian.* New York: J.P. Lippincott, 1949.

_____. *Runner in the Sun*. New York: Winston, 1954.

_____. *Indian Man: A Life of Oliver La Farge*. Bloomington: Indiana UP, 1971.

_____. *Native American Tribalism: Indian Survivals and Renewals*. 1962. Rpt. New York: Oxford UP, 1973.

_____. *Wind from an Enemy Sky*. New York: Harper & Row, 1978.

_____. *The Hawk and Other Stories*. Ed. Birgit Hans. Tucson: U of Arizona P, 1992.

_____, and Harold E. Fey. *Indians and Other Americans: Two Ways of Life Meet*. 1959. Rpt. New York: Harper & Row, 1970.

Original papers from the D'Arcy McNickle Collection at the Newberry Library in Chicago. These materials—letters, diaries, short fictions, and manuscript versions of both novels—are uncatalogued; more precise locations, therefore, cannot be given.

Mourning Dove

Mourning Dove, *Cogewea, the Half-Blood.* Boston: Four Seas Co. 1927. Rpt. Lincoln: U of Nebraska P, 1981.

_____. *Coyote Stories*. Ed. Heister Dean Guie. Caldwell, ID: Caxton Printers, Ltd., 1933. Rpt. Lincoln: U of Nebraska P, 1990.

E. Pauline Johnson

Johnson, E. Pauline. *The White Wampum*. London: John Lake, The Bodley Head, 1895.

_____. *Canadian Born*. Toronto: Morang, 1903.

_____. *Legends of Vancouver*. Vancouver: Sunset, 1912. Rpt. Vancouver: McClelland, 1961.

_____. *Flint and Feather*. Toronto: Musson, 1912. Rpt. Markam, Ontario: Paper Jacks, 1973.

_____. *The Moccasin Maker*. 1913. Ed. with intro. by A. LaVonne Brown Ruoff. Tucson: U of Arizona P, 1987.

_____. *The Shagganappi*. Vancouver: Briggs, 1913.

John Joseph Mathews

Mathews, John Joseph. *Wah' Kon-Tah: The Osage and the White Man's Road*. Norman: U of Oklahoma P, 1932.

_____ . *Sundown*. New York: Longmans, Green, 1934.

_____. *Talking to the Moon*. Chicago P, 1945.

_____. *Life and Death of an Oilman: The Career of E. W. Marland*. Norman: U of Oklahoma P, 1951.

_____. *The Osages: Children of the Middle Waters*. Norman: U of Oklahoma P, 1961.

(William) D'Arcy McNickle

Brothers, 1904. Rpt. New York: AMS, 1976.

_____. "First Impressions of Civilization." *Harper's Monthly Magazine* 108 (1904): 587-92.

_____. "The Gray Chieftain." *Harper's Monthly Magazine* 108 (1904): 882-87.

_____. *Old Indian Days*. New York: McClure Co., 1907. Rpt. Rapid City, SD: Fenwyn, 1970.

_____. *Wigwam Evenings; Sioux Folk Tales Retold by Charles A. Eastman (Ohiyesa) and Elaine Goodale Eastman*. Boston: Little, Brown and Company, 1909.

_____. *The Soul of the Indian; An Interpretation*. Boston: Houghton Mifflin Company, 1911. Rpt. Lincoln: U of Nebraska P, 1980.

_____. *Indian Scout Talks; A Guide for Boy Scout Craft and Campfire Girls*. Boston: Little, Brown and Co., 1914. Rpt. as *Indian Scout Craft and Lore*. New York: Dover, 1974.

_____. *The Indian Today; The Past and Future of the First American*. Garden City, NY: Doubleday, Page & Co., 1915. Rpt. New York: AMS, 1975.

_____. *From the Deep Woods to Civilization; Chapters in the Autobiography of an Indian*. Boston: Little, Brown and Co., 1916. Rpt. Lincoln: U of Nebraska P, 1977.

_____. "The Sioux Yesterday and Today." *American Indian Magazine* 5 (October-December1917): 233-39.

_____. *Indian Heroes and Great Chieftains*. Boston: Little, Brown and Co., 1918.

_____. "The Indian's Plea for Freedom." *American Indian Magazine* 6 (Winter 1919): 162-65.

_____. "Justice for the Sioux." *American Indian Magazine* 7 (Spring 1919): 79-81.

George Copway

Copway, George. *The Life, History, and Travels of Kah-ge-ga-gah-bowh (George Copway)*. Albany, NY: Weed and Parsons, 1847. Rev. as *The Life, Letters and Speeches of Kah-ge-ga-gah-bowh, or G. Copway*. New York: Benedict, 1850. Rev. as *Recollections of a Forest Life or, The Life and Travels of Kah-ge-ga-gah-bowh, or George Copway*. London: Gilpin, 1850.

_____. *Organization of a New Indian Territory, East of the Missouri River*. New York: Benedict, 1850.

_____. *The Traditional History and Characteristic Sketches of the Ojibway Nation*. London: Gilpin, 1850; Boston: Mussey, 1851. Rpt. As *Indian Life and Indian History, by an Indian Author*. Boston: Colby, 1858.

_____. *Running Sketches of Men and Places, in England, France, Germany, Belgium and Scotland*. New York: Riker, 1851.

Charles Alexander Eastman

Eastman, Charles. "Sioux Mythology." *Popular Science* 46 (November 1894): 88-91.

_____. *Indian Boyhood*. New York: McClure, Philips & Co., 1902. Rpt. New York: Dover, 1971.

_____. "Hakadah's First Offering." *Current Literature* 34 (January 1903): 29-32.

_____. *Red Hunters and the Animal People*. New York: Harper and

_____. *The Sacred Pipe*. Ed. Joseph Epes Brown. 1953. Rpt. New York: Penguin, 1971.

_____. *The Sixth Grandfather*. Ed. Raymond J. DeMallie. Lincoln: U of Nebraska P, 1984.

Elias Boudinot

Boudinot, Elias. *Poor Sarah; or Religion Exemplified in the Life and Death of an Indian Woman*. Mount Pleasant, OH: Elisha Bates, 1823. Rpt. 1833.

_____. *An Address to the Whites. Delivered in the First Presbyterian Church on the 26th of May, 1826*. Philadelphia: William F. Geddes, 1826.

_____. *Letters and Other Papers Relating to Cherokee Affairs;Being a Reply to Sundry Publications Authorized by John Ross. By E. Boudinot, Formerly Editor of the Cherokee Phoenix*. Athens, GA: Southern Banner, 1837.

_____. *Documents in Relation to the Validity of the Cherokee Treaty of 1835...Letters and Other Papers Relating to Cherokee Affairs; Being a Reply to Sundry Publications Authorized by John Ross*. Washington, DC: Blair and Rives, 1838.

S. Alice Callahan

Callahan, S[ophia] Alice. *Wynema: A Child of the Forest*. 1891. Edited with an introduction by A. La Vonne Brown Ruoff. Lincoln: U of Nebraska P, 1990.

作家別主要作品リスト

草創期のアメリカ先住民作家たち（アルファベット順）

William Apes(s)

Apes(s), William. *A Son of the Forest*. 1829. New York: By the author, 1831.

_____. "The Increase in the Kingdom of Christ: A Sermon." New York: By the author, 1831.

_____. *The Experiences of Five Christian Indians of the Pequot Tribe*. Boston: By the author, 1833.

_____. *Indian Nullification of the Unconstitutional Laws of Massachusetts, Relative to the Marshpee Tribe: Or, the Pretended Riot Explained*. Boston: Press of J. Howe, 1835. Stanfordville, NY: Earl M. Coleman, 1979.

_____ . *Eulogy on King Philip*. 1836. Boston: By the author, 1837.

Black Elk

Black Elk. *Black Elk Speaks*. Told through John G. Neihardt. New York: William Morrow, 1932. Rpt. Lincoln: U of Nebraska P, 1979.

Fiction）　191
『ワッサハ』（*Wassaja*）　65
「ワラン・オーラン」（“Walum Olum” *or* “Red Score”）　118
『ワードアローズ』（*Wordarrows*）　85

ルオフ、エイ・ラヴァン・ブラウン Ruoff, A. LaVonne Brown 20, 117, 188
ルセロ、エヴェリーナ・ズニ Lucero, Evelina Zuni 120

【レ】

『レイニィー・マウンテンへの道』（*The Way to Rainy Mountain*） 79, 80
『霊の集まり』（*A Gathering of Spirit*） 71
『レイヨウの妻』（*The Antelope Wife*） 153
『レースの繊細さと強さ』（*The Delicacy and Strength of Lace*） 112
『レズビアへ、愛をこめて』（*With Love to Lesbia*, 1959） 64

【ロ】

ローズ、ウェンディ Rose, Wendy 15, 119, 173
ローゼン、ケネス Rosen, Kenneth 71, 139
ローゼンバーグ、ジェローム Rothenberg, Jerome 70, 193, 194
ローランドスン、メアリ・ホワイト 23
『六代目の祖父』（*The Sixth Grandfather*） 63
ロジャース、ウィル Rogers, Will 50, 51
『ロックアイランド・ハイキング・クラブ』（*The Rock Island Hiking Club*） 187
ロングフェロー、ヘンリー・ワッズワス xvi

【ワ】

『ワイネマ、森の子ども』（*Wynema: A Child of the Forest*） 41, 42
『ワコン・ター—オセージ族と白人の道』（*Wah'Kon-Tah: The Osage and the White Man's Road*） 62
『わたしが関わっているすべてのもの—現代カナダ先住民小説撰集』（*All My Relations:An Anthology of Contemporary Canadian Native*

『モホーク族はホピ族に何を言わせたのか』（*What the Mohawk Made the Hopi Say*） 180
『森の息子』（*A Son of the Forest*） 26
モンテズマ、カルロス Montezuma, Carlos 65

【ユ】

『夢の輪を運ぶ者』（*Carriers of the Dream Wheel*） 71, 175

【ヨ】

『夜明けの家』（*House Made of Dawn*） 60, 67, 74, 75, 78, 79, 111
『欲望の洗礼』（*Baptism of Desire*） 153
「四大アメリカ先住民作家」 72, 115
『四本の矢』（*Arrows Four*） 71

【ラ】

ライト、ジェームズ Wright, James 112
『ラグーナの女』（*Laguna Woman*） 105
ラパート、ジェームズ Ruppert, James 123
『ラヴ・メディスン』（*Love Medicine*） 144, 145, 146, 147, 151, 152

【リ】

リッグス、スティーブン・リターン Riggs, Stephen Return xvi
リッグス、（ローラ・）リン Riggs,（Rolla）Lynn 61, 62, 64
リッジ、ジョン・ローリン Ridge, John Rollin 5, 22, 39, 40

【ル】

ルーリー、ディック Lourie, Dick 71

Riot Explained） 28
マックホーター、ルコルス・V McWhorter, Lucullus V. 55
『マツシマ』（*Matsushima: Pine Islands*） 83
『魔法としての言葉—アメリカ・インディアンの口承詩』 xvii
ママデー、N、スコット Momaday, N. Scott 60, 67, 68, 69, 72, 73, 74, 75, 78, 79, 80, 81, 105, 111, 121

【ミ】

『見えない音楽家』（*The Invisible Musician*） 118, 182
『道ばた』（*Roadside*, 1936. Produced on Broadway） 62
ミックニクル、（ウィリアム）・ダーシィー McNickle, (William) D'Arcy 22, 57, 58, 60, 65, 79
『緑はライラックを育てる』（*Green Grow the Lilacs*） 61
ミルトン、ジョン・R Milton, John R. 69

【ム】

ムーア、ジョン・H Moore, John H. 165
『むかしの子ども』（*The Ancient Child*） 80
『娘よ、大好きだよ』（*Daughters, I Love You*） 169

【メ】

『メディスンの本』（*The Book of Medicines*） 173
『メディスン・リヴァー』（*Medicine River*） 188

【モ】

『盲目のライオン』（*The Blind Lion*） 123
『燃える愛の物語』（*Tales of Burning Love*） 153
『モカシン・メイカー』（*The Moccasin Maker*） 46

『ベアハート』（*Bearheart*） 85
『ベスト・ショート・ストーリー』（*The Best Short Stories*） 145
ヘミングウェイ xii
『ヘヨーカーの歌』（*Song of Heyoehkah*） 160
ヘンリー、ゴードン・ジュニア Henry, Gordon Jr. 120

【ホ】

『包囲』（*The Surrounded*） 57, 58
ホーガン、リンダ Hogan, Linda 119, 167, 168, 169, 172, 226
ポージィー、アレクサンダー・ローレンス Posey, Alexander Lawrence 50, 51, 63, 64
ボーリオ、C・H Beaulieu, C. H. 64
『星のこども』（*Star Child*） 123
『骨のダンス』（*Bone Dance: New and Selected Poems*） 175, 180
『ホピ・ロードランナー・ダンシング』（*Hopi Roadrunner Dancing*） 175
『ホピ族がニューヨークに着いたら何が起こったのか』（*What Happened When the Hopi Hit New York*） 179
ホブスン、ゲーリー Hobson, Geary 3, 70, 118
ホワイトマン・ロベルタ・ヒル Whiteman, Roberta Hill 120

【マ】

マシューズ、ジョン・ジョセフ Mathews, John Joseph 62
『マシュピー族に関するマサチューセッツ州の憲法違反の法律にたいするインディアンの順法拒否、あるいは偽りの暴動の真相』（*Indian Nullification of the Unconstitutional Laws of Massachusettes, Relative to the Marshpee Tribe: Or, the Pretended*

【フ】

ファーブ、ピーター Farb, Peter　71
フィクシィコ、ファス　51
『フィリップ王への賛辞』（*Eulogy on King Philip*） 28
ブーディノ、エライアス　Boudinot, Elias　5, 22, 25, 26, 39
フォークナー、ウイリアム　145
『深い森から文明へ』（*From the Deep Woods to Civilization*） 48
『不思議な環—アメリカ先住民のクリスマスの物語』（*Circle of Wonder: A Native American Christmas Story*） 81
『冬の血』（*Winter in the Blood*） 94, 98
ブラウン、ディー　Brown, Dee　71
『ブラック・イーグル・チャイルド—フェイスペイントの物語』（*Black Eagle Child:The Facepaint Narratives*） 186
『ブラック・エルクは語る』（*Black Elk Speaks*） 63
ブラント、ベス　Brant, Beth　71
『ブルー・クラウド・クォータリー』（*Blue Cloud Quarterly*） 70
『フールズ・クロウ』（*Fools Crow*） 101, 103
ブルシャック、ジョセフ　Bruchac, Joseph　20, 131
ブレイザー、キンバリー　Blaeser, Kimberly　120
『フレデリック・ゴッダード・タッカーマン詩篇』（*The Collected Poems of Frederick Goddard Tuckerman*） 74
『文学の航海者、あるいはムーゼンイーガン』（*The Literary Voyager, or Muzzeniegun*） xvi, 32

【へ】

ベア、レイ・A・ヤング　Bear, Ray A. Young　118, 119, 180, 181, 182, 186

ハージョ、ジョイ Harjo, Joy 42, 119, 153, 154, 155, 156, 157, 158, 159, 172
パーディ、ジョン・ロイド Purdy, John Lloyd 144
バード、イエロー 40
バード、グローリア Bird, Gloria 159
ハイアワサの歌 xvi
『パイユート族の生活 — 彼らの過ちと主張』(*Life Among the Piutes: Their Wrongs and Claims*) 38
ハウ、リ、アン Howe, Le Anne 120
バウエリング Bowering 70
『ハウバ・インディアン』(*Howbah Indians*) 139
『白人にたいする声明』(*An Address to the Whites*) 26
『激しい愛と戦いのなかで』(*In Mad Love and War*) 159
ハリス、カレン Harris, Karen 165
『パワー』(*Power*) 173
『パワーを得る』(*Come to Power*) 71

【ヒ】

『ピークォット族の五人のキリスト教徒インディアンの経験』(*The Experiences of Five Christian Indians of the Pequot Tribe*) 28
『ビート・クィーン』(*The Beet Queen*) 145, 150, 151
『光の祖母たち』(*Grandmothers of the Light: A Medicine Woman's Sourcebook*) 128
『皮膚と骨』(*Skins and Bones: Poems 1979-87*) 123
『ひょうたんダンサー』(*The Gourd Dancer*) 79
『ビルダー・カチナ』(*Builder Kachina*) 176
『ヒロシマ・ブキ—アトム 57』(*Hiroshima Bugi:Atom 57*) 91
『ビンゴ・パレス』(*The Bingo Palace*) 153

『七本の矢』（*Seven Arrows*） 159, 160, 161, 162, 164, 165, 166
『名前』（*The Names: A Memoir*） 80
『ナラティヴ・チャンス』（*Narrative Chance*） 117

【ニ】

『ニュー・インディアン・テリトリー、ミズーリ川以東部の組織』 30
『虹の声』（*Voices of the Rainbow*） 71
『二〇世紀末からの手紙』（*Letter from the End of the Twentieth Century*） 159
『日没』（*Sundown*） 62
『日食』（*Eclipse*） 169
『ニムロッド』（*Nimrod*） 69, 70
『ニュー・アメリカ—ア・レヴュー』（*New America: A Review*） 70
『ニュー・インディアン・テリトリー、ミズーリ川以東部の組織』（*Organization of a New Indian Territory, East of the Missouri River*） 30
『ニュー・メキシコ・クォータリー』（*New Mexico Quarterly*） 69
『人間の進歩と文明』（*Man's Rise to Civilization*） 71

【ネ】

『猫の叫び』（*The Cat Scrams*） 62
ネルスン、ロバート・M　Nelson, Robert M. 131, 138
ネルソン、ラルフ　vii

【ハ】

『パイユート族の生活—彼らの過ちと主張』（*Life Among the Piutes: Their Wrongs and Claims*） 38
パーカー、アーサー・C　Parker, Arthur C. 65

『敵の言語を創り直す』（*Reinventing the Enemy's Language*） 159
『敵の空から吹く風』（*Wind from an Enemy Sky*） 60
『鉄の皿』（*The Iron Dish*） 64
デローリア、ヴァイン・ジュニア Deloria, Vine Jr. 71, 165
デローリア、エラ・C Deloria, Ella C. 52

【ト】

ドゥーラム、メー Durham, Mae 70
トゥヴェッテン、ベネット Tvedten, Benet 70
『トゥルースとブライト・ウォーター』（*Truth & Bright Water*） 191
トゥルデル、ジョン Trudell, John ix, xi, 115
トールマウンテン、メアリー TallMountain, Mary 64
『時の南の角』（*The South Corner of Time*） 118
『トマホーク』（*Tomahawk*） 64
『トラックス』（*Tracks*） 145, 152
ドリス、マイケル Dorris, Michael 120, 141, 153, 229
『どんな月がわたしをこうさせたのか』（*What Moon Drove Me to This?*） 155

【ナ】

ナイタム、ドゥエィン Niatum, Duane 71, 175, 181
ナイハート、ジョン・G Neihardt, John G. 63
『長い境界線』（*Long Division*） 176
『名高いカリフォルニアの無法者、ホアキン・ミュリエタの人生と冒険』（*The Life and Adventures of Joaquin Murieta, the Celebrated California Bandit*） 40
『なつかしきインディアン時代』（*Old Indian Days*） 50
『なつかしきインディアンの伝説』（*Old Indian Legends*） 52

ダウニング、トッド Downing, Todd 62
ダヴ、モーニング　Dove, Morning 22, 53, 54, 55, 57, 79
『たくさんの声』（*Many Voices*） 70
『たくわえ』（*Savings*） 172
『ダコタ・テリトリー』（*Dakotah Territory*） 70
『闘う』（*Fightin': New and Collected Stories*） 139
タパホンソ、ルーシー　Tapahonso, Luci 120, 195
ダビンズ、ヘンリー・F 2, 23
『玉の道』（*Beaded Path*） 166
『ダンス・ウィズ・ウルヴズ』 viii

【チ】

チーシャトマーク、ケイレブ　Cheeshateaumauk, Caleb 21, 23, 24
『チェロキーの夜』（*The Cherokee Night*） 61, 62
『チェロキー・フィニックス』（*Cherokee Phoenix*） 26
『蝶の二枚の羽』（*Two Wings of the Butterfly: Haiku Poems in English*） 83

【ツ】

ツオアイ・タリー Tsoai-talee（Rock-tree Boy） 73
『つぎの世界への地図』（*A Map to the Next World*） 159
『鶴が舞い上がる』（*Crains Arise*） 83

【テ】

『抵抗する―人びとのために、土地のために』（*Fight Back: For the Sake of the People, for the Sake of the Land*） 135, 139
デー Day 70
テカヒオンワケ Tekahionwake 44

スタータヴァント、ウイリアム・C　Sturtevant, William C.　166
『スタンディング・ロック・エヤパハ』（*Standing Rock Eyapaha*）65
ストーム、ヘェメヨースツ・(チャック)　Storm, Hyemeyohsts (Chuck)　119, 159, 160, 161, 164, 165, 166, 210, 215, 221
『ストーリーテラー』（*Storyteller*）80, 111, 112
スミス、パトリシア・クラーク　Smith, Patricia Clark　133

【セ】

セイアー、ロバート・F Sayre, Robert F.　165
『聖なる水』（*Sacred Water*）114
『聖なる輪』（*The Sacred Hoop*）117, 128
『世界の中心の秘密』（*Secrets from the Center of the World*）158
セコイア　118, 119
『セブン・アローズⅠ』162, 163, 215
『セレモニー』（*Ceremony*）105, 107
『セント・ルイス・ベアハートの闇』（*Darkness in Saint Louis Bearheart*）85

【ソ】

『空から落ちた女』（*The Woman Who Fell from the Sky*）159
『ソルジャー・ブルー』viii
『それが彼女が言ったこと』（*That's What She Said*）71

【タ】

『大地の力がやって来る』（*Earth Power Coming*）71, 118
『タイ・ミーの旅』（*The Journey of Tai-me*）79
『太陽のあらし』（*Solar Storms*）173
『太陽を通して見る』（*Seeing Through the Sun*）169

【シ】

ジェイコブスン、アンジェリン Jacobson, Angeline 70
『死者の暦』（*Almanac of the Dead*） 112
『詩は旅である』（*A Poem Is a Journey*） 136
『自分自身を家と呼ぶ』（*Calling Myself Home*） 168
『詩編』（*Poems*） 40
『ジム・ローニーの死』（*The Death of Jim Loney*） 98
『シャガナッピィ』（*The Shagganappi*） 46
『ジャックライト』（*Jacklight*） 142
『シャンティ』（*Shantih*） 70
『自由のトリックスター』（*The Trickster of Liberty*） 91
ジョーンズ、ウィリアム Jones, William 52
『少年時代のインディアン』（*Indian Boyhood*） 48, 49
ジョンスン、E・ポーリーン Johnson. E. Pauline 43, 44, 46
『シリアのナイフ』（*Knives from Syria*） 61
シルコー、レスリー・マーモン Silko, Leslie Marmon 72, 78, 80, 103, 104, 105, 106, 111, 112, 113, 114, 154, 172, 221
『白い貝殻玉』（*The White Wampum*） 44, 46
『信じられる鏡』（*Reliability Mirrors*） 166

【ス】

『崇高にして慈悲深き神は、いかに契約どおりに振る舞われたか』 23
スカーベリー–ガルシア、スーザン Scarberry-Garcia, Susan 73
スクールクラフト、ジェイン・ジョンストン Schoolcraft, Jane Johnston xv, 30, 31, 32
スクールクラフト、ヘンリー・ロー Schoolcraft, Henry Rowe xv, xvi, 30, 31, 32

【コ】

『こうやって生き残る』(*Survival This Way*) 131
ゴースト・ダンス 32, 33, 37, 63
『コゲウェア、混血の女—広大なモンタナ州の大牧場』(*Cogewea, The Half Blood: A Dipiction of the Great Montana Cattle Range*) 54
コスナー、ケビン viii
コック - リン、エリザベス Cook-Lynn, Elizabeth 120
「言葉でできた人」(“The Man Made of Words”) 79
『コヨーテ・コロンブス物語』(*A Coyote Columbus Story*) 190
『コヨーテの夜明けの旅』(*Coyote's Daylight Trip*) 123, 124
『コヨーテ物語』(*Coyote Stories*) 57
『コロンブスの王冠』(*The Crown of Columbus*) 153
『コロンブスの相続人』(*The Heirs of Columbus*) 91
『混血児の年代記』(*The Halfbreed Chronicles*) 179
『今日のインディアン』(*The Indian Today*) 47

【サ】

『さいごの歌』(*The Last Song*) 155
『最初の大地のなごり』(*Remnants of the First Earth*) 187
『サウス・ダコタ・レヴュー』(*South Dakota Review*) 69, 182
『砂丘の庭園』(*Gardens in the Dunes*) 114
『ささやく風』(*The Whispering Wind*) 70, 117
ザ、ズィトゥカラ Sa, Zitkala 51, 52
『山椒魚の冬』(*Winter of the Salamander*) 182, 183
『サンド・クリークから』(*From Sand Creek*) 136
『サン・トラック』(*Sun Track*) 70
『三人の兄弟』(*Brothers Three*) 60

カンシェンデル、シュロン　Khanshendel, Chiron 175
『雁の角度』（*Angle of Geese and Other Poems*） 79

【キ】

『記憶された大地』（*The Remembered Earth*） 3, 70
「儀式の本」 118
キング、トーマス　King, Thomas　120, 138, 187, 188, 189, 191

【ク】

クーパー、フェニモア xii
『クォータリー・ジャーナル』（*Quarterly Journal*） 65
『熊の家で』（*In the Bear's Home*） 81
『蜘蛛女の孫娘たち』（*Spider Woman's Granddaughters*） 128
クラウド、ピーター・ブルー Cloud, Peter Blue 15
『グリーヴァ–– 中国のアメリカン・モンキー・キング』（*Griever: An American Monkey King in China*） 87, 91
グリーン、レイナ Green, Rayne 71
グリネル、ジョージ・バート　Grinnel, George Bird 165
グリフィン - ピアス・トルゥーディ　110, 201, 206

【ケ】

『血族がこぞって戦いにゆく』（*Going to War with All My Relations*） 180
ケニー、モーリス　Kenny, Maurice 23, 63, 64
『賢者の船』（*The Magi Ship*） 166
『 現代アメリカ先住民文学』（*Contemporary Native American Literature*） 70

オカム、サムスン Occom, Samson 22, 24, 25,67
オスキスン、ジョン・ミルトン Oskison, John Milton 60
『おばあちゃんの鳩』（*Grandmother's Pigenon*） 153
『オレンジ郡のハロルド』（*Harold of Orange*） 91

【カ】

『カー・ゲ・ガ・ガー・ボウの人生と歴史と旅』（*The Life, History, and Travels of Kah-ge-ga-gah-bowh*） 30
カーティス、E・S Curtis, E. S. 165
『影の国』（*Shadow Country*） 123
『影を所有した女』（*The Woman Who Owned the Shadows*） 126
『カスターは自らの罪のせいで死んだ』（*Custer Died for Your Sins*） 71
『カスターを殺す―リトル・ビッグホーンの戦いと平原インディアンの運命』（*Killing Custer: The Battle of the Little Bighorn and the Fate of the Plains Indians*） 103
『カッコウ』（*Cuckoo*） 61
『合衆国のインディアン部族』（*The Indian Tribes of the United States*） 65
カップウェイ、ジョージ Copway, George 29
金関寿夫 xvii, 201
『カナダ先住民作家による短篇小説撰集』（*An Anthology of Short Fiction by Native Writers in Canada*） 191
『カナダに生まれて』（*Canadian Born*） 44
『彼女は馬を飼っていた』（*She Had Some Horses*） 155, 156
『ガラガラを振りながら』（*Shaking the Pumpkin*） 70, 193
カラハン、S・アリス Callahan, S. Alice 22, 41
『彼らが最初にここにやって来た』（*They Came Here First*） 65

Sermon Preached at the Execution of Moses Paul, an Indian） 25
『インディアン・ヒストリアン』（*Indian Historian*） 70

【ウ】

『ヴァンクーヴァーの伝説』（*Legends of Vancouver*） 46
ヴァンゲン、キャスリン・S Vangen, Kathryn S. 93
ウィゲット、アンドリュー Wiget, Andrew 20
ヴィゼノア、ジェラルド Vizenor, Gerald 20, 72, 81, 82, 83, 84, 85, 87, 88, 91, 117, 198, 205
ウィネマカ、サラ Winnemucca, Sarah 38, 39
ウィルソン、ノーマ・C Wilson, Norma C. 176
『ウーンデッド・ニーに我が魂を埋めよ』（*Bury My Heart at Wounded Knee*） 71
ウェルチ、ジェームズ Welch, James 69, 72, 78, 91, 92, 181
ウォヴォカ 37
『失われた銅』（*Lost Copper*） 176, 177
『ウッドランドの歌い手』（*The Woodland Singers: Traditional Mesquakie Songs*） 187

【エ】

エイペス、ウィリアム Apes(s), William 22, 26, 28
エルク、ブラック Elk, Black 63

【オ】

オーウェンズ、ルイス Owens, Louis 95, 101, 108, 146, 148, 151
オーティーズ、サイモン・J Ortiz, Simon J. 69, 71, 118, 119, 129, 130, 131, 134, 135, 136, 138, 139, 154
『大きな湖』（*Big Lake*） 61

『アメリカ・インディアンが語る』(*The American Indian Speaks*) 69
『アメリカン・インディアン・クォータリー』(*American Indian Quarterly*) 174
『アメリカン・インディアン・マガジン』(*American Indian Magazine*) 52, 65
『アルジック・リサーチズ』(*Algic Researches*) xvi, 30
『アレクサンダー・ローレンス・ポージィー詩編』(*The Poems of Alexander Lawrence Posey*) 63
アレクシー、シャーマン Alexie, Sherman 120
アレン、テリー Allen, Terry 71
アレン、ポーラ・ガン Allen, Paula Gunn 20, 78, 84, 117, 119, 120, 121, 122, 123, 128

【イ】

イーストマン、チャールズ・アレクサンダー Eastman, Charles Alexander 22, 47, 48
イーストマン、イレーヌ・グゥデール Eastman, Elaine Goodale 48
『いい旅路』(*A Good Journey*) 136, 138
『家』(*Dwellings*) 173
『イエロー・ウーマンと美しき精霊』(*Yellow Woman and a Beauty of the Spirit*) 114
『イシと木製のアヒル』(*Ishi and the Wood Ducks*) 91
『卑しいこころ』(*Mean Spirit*) 172
『インディアン・ジャーナル』(*Indian Journal*) 41, 50, 64
『インディアン・スピーキング・リーフ』(*Indian Speaking Leaf*) 64
『インディアン魂』(*The Soul of the Indian*) 47
『インディアンの弁護士』(*The Indian Lawyer*) 103
『インディアンのモーゼス・ポールの処刑の際にされた説教』(*A*

索　引

【ア】

『アースボーイ 40 に乗る』(*Riding the Earthboy 40*)　92
アードリック、ルイーズ　Erdrich, Louise　78, 119, 140, 229
『青い草、流れる水』(*Green Grass, Running Water*)　191
『赤いハンターとアニマル・ピープル』(*Red Hunters and the Animal People*)　50
『アカデミック・スクウォー』(*Academic Squaw*)　176
『アクワサスニ・ノーツ』(*Akwesasne Notes*)　69
『アトランティック・マンスリー』(*The Atlantic Monthly*)　52, 145
阿部珠理　162, 201, 210, 212, 215, 220, 221
『雨雲を送る男』(*The Man to Send Rainclouds*)　139
『雨を求めて』(*Going for the Rain*)　131, 132, 133, 136
『アメリカ・インディアン撰集』(*An American Indian Anthology*)　70
『アメリカ・インディアン文学』(*American Indian Literature*)　117
『アメリカ・インディアン文学研究』(*Studies in American Indian literature*)　84, 117
『アメリカ・インディアン物語』(*American Indian Stories*)　52
『アメリカ先住民―オリヴァー・ラ・ファーグの人生』(*Native American: A Life of Oliver La Farge*)　22
『アメリカ先住民文学 』(*Native American Literature: A Brief Introduction and Anthology*)　117

著者紹介

青山みゆき（あおやま　みゆき）

足利市生まれ。

ペンシルベニア州立インディアナ大学大学院で修士号を取得。

1999年から2000年まで、サンフランシスコ州立大学人文学部の客員教授・研究員をつとめる。現在は聖徳大学人文学部英米文化学科助教授。

主要著書に『英米文学と言語』（共著、ホメロス社、1990年）、『異文化の諸相』（共著、朝日出版社、1999年）、詩集に『西風』（思潮社、1998年）、バイリンガル四行連詩集『情熱の巻、その他』（共著、土曜美術社、2003年）、編訳書に『エリカ・ジョング詩集』（土曜美術社、1993年）、*A Long Rainy Season*（Berkeley: Stone Bridge Press, 1994. 1995年度ベンジャミン・フランクリン賞受賞）、*Other Side River*（Berkeley: Stone Bridge Press, 1995）などがある。

大地の手の中で ――アメリカ先住民文学　（検印廃止）

2004年6月1日　初版発行

著者	青山みゆき
発行者	安居洋一
組版所	アトリエ大角
印刷・製本	モリモト印刷株式会社

〒160-0002　東京都新宿区坂町26
発行所　開文社出版株式会社
TEL 03-3358-6288・FAX 03-3358-6287
http://www.kaibunsha.co.jp

ISBN 4-87571-976-X　C-3098